Jakob Musashi Leonhardt
Henry Vegas
Auf Klassenfahrt durch die Galaxie

Jakob Musashi Leonhardt,
geboren 1975, ist ein Weltenbummler und in Tokio genauso zu Hause wie in Hamburg. Er hat einige Romane für junge Leser veröffentlicht und ist zudem als Musiker und Sounddesigner tätig.
Zu seinen Leidenschaften zählen das Tauchen, japanischer Sencha-Tee sowie die Musik von Coldplay.

Weitere Bücher von Jakob Musashi Leonhardt im Arena Verlag:
Knapp vorbei ist auch daneben
Ein genialer Chaot packt aus
In der Faulheit liegt die Kraft
Geniale Chaoten fallen nicht vom Himmel
Chaos ist das halbe Leben
Ein verkanntes Genie auf der Überholspur
Erst der Spaß, dann das Vergnügen
Geniale Chaoten bringt nichts auf die Palme

Auch als Hörbuch erhältlich.

Im Pyjama um halb vier (zusammen mit Gabriella Engelmann)

Jakob Musashi Leonhardt

HENRY VEGAS
AUF KLASSENFAHRT DURCH DIE GALAXIE

Mit Illustrationen von maleek

Arena

1. Auflage 2015
© 2015 Arena Verlag GmbH, Würzburg
Alle Rechte vorbehalten
Dieses Werk wurde vermittelt durch die Literarische Agentur
Thomas Schlück GmbH, 30827 Garbsen
Einband- und Innenillustrationen: maleek
Covergestaltung: Juliane Hergt
Gesamtherstellung: Westermann Druck Zwickau GmbH
ISBN 978-3-401-60035-2

www.arena-verlag.de
Mitreden unter forum.arena-verlag.de

www.jakob-leonhardt.de

1.

Im Jahr 18.774 zu leben, ist echt kein Spaß. Allein der ganze Ärger mit den Robotern geht einem echt auf die Nerven!

Chiva ist das beste Beispiel. Er ist mein Helferrobot vom Typ Android XZ-37. Er sieht aus wie ein Mensch, hat aber sechs Arme und ist aus arceloranischem Gummieisen. Ich nenne ihn liebevoll Blechkiste.

Chiva räumt mein Zimmer auf, führt unseren serofidischen Brachilosaurus Gassi oder ahmt meine Stimme nach, wenn meine Eltern nach mir rufen und ich gerade Besseres zu tun habe, als zu antworten.

Aber seit Chiva vor ein paar Wochen einen neuen Emo-Chip bekommen hat, ist nichts mehr mit ihm anzufangen. Er fängt ständig an zu heulen und schwafelt von Burn-out, wenn er mein Zimmer aufräumen soll.

Heute Morgen geht es schon wieder los. Ich habe mal wieder

verpennt. Wenn ich mich nicht intergalaktisch blitzmäßig beeile, komme ich zu spät zur Schule. »Hey, Blechkiste. Kannst du bitte meinen Rucksack packen«, sage ich zu Chiva, während ich in meine Schuluniform schlüpfe.

»Tut mir leid, Master Henry. Ich fühle mich heute gar nicht gut. Ich habe Kopfschmerzen«, antwortet Chiva mit knarzender Robotstimme.

»Kopfschmerzen? Aber du hast gar keinen Kopf!«

Habe ich das erwähnt? Chiva sieht zwar aus wie ein Mensch, aber da, wo normale Leute einen Kopf haben, hat er einen optoakustischen Würfel mit Datenschnittstelle und Stromanschluss.

»Keinen Kopf?! Das ist ja schrecklich. Ich bin unvollständig!«, schreit Chiva und fängt wieder an zu heulen.

»Hör auf zu weinen, Blechkiste. Sonst rosten deine Datenanschlüsse.«

»Ich bin keine Blechkiste!«

»Was denn sonst?!«

»Ich bin ein satyranischer Sternenkönig, der von einem Zorc-Zauberer verhext und in dieses metallische Körpergefängnis verbannt worden ist.«

»Nein, du bist einfach ein Fall für die Roboterklappe. Oder für die Schrottpresse!«

Chiva heult auf wie eine interstellare Polizeisirene und schüttelt sich in Weinkrämpfen. »Du willst mich zerstören, Master Henry? In der Schrottpresse? Das ist soooooo gemein!«

»Schon gut, Blechkiste. Vergiss es. Ruh dich aus. Dann packe ich meinen Rucksack halt selbst.«

2.

Im Gravoschacht schwebe ich nach oben in die Küche, um mir vor der Schule noch schnell ein Frühstück reinzupfeifen. Der Küchenrobot, Modell Bocuse, schwebt auf mich zu und sagt mit untertäniger Stimme: »Guten Morgen, junger Master Henry. Was darf ich zum Frühstück servieren?«

»Ich nehme eine Schale kirilanische Schokoflakes mit Honigmilch. Und ein Glas Bambrinensaft.«

»Sehr wohl.«

Für kirilanische Schokoflakes würde ich alles tun! Es gibt einfach nichts Leckereres im Universum! Meiner Meinung nach ist die Entdeckung des Planeten Kirilos die größte Pioniertat seit der Eroberung der Kugelgalaxis M67 und müsste jedes Jahr mit mindestens zehn Feiertagen geehrt werden. Die Kirilaner leben weit entfernt von den intergalaktischen Handelswegen und beschäftigen sich mit nichts anderem, als die leckersten Rezepte zu entwickeln. Und dazu gehören besonders ihre berühmten Schokoflakes.

Plötzlich höre ich hinter mir ein Hüsteln: »Hm. Hm.«

»Oh, guten Morgen, Mom. Hab dich gar nicht gesehen«, sage ich erschrocken.

Meine Mutter ist wie üblich aus dem Nichts aufgetaucht. Sie trägt ihren japonidischen Goldseidenkimono und sieht mich streng an. »Henry?! Worüber haben wir geredet?«

»Na ja, über alles Mögliche ...«

»Du weißt, was ich meine.«

»Schon gut«, sage ich maulend. Ich pfeife den Küchenrobot zurück. »Hey, Bocuse, streich das mit den Flakes. Ich nehme zwei Scheiben Kotz-Vollkorntoast und 'ne Schale Ekel-Müsli mit Obst.«

»So ist es recht«, sagt meine Mom und lächelt zufrieden.

Das ist einfach gemein, denke ich. Nie darf ich essen, was mir schmeckt!

Der Küchenrobot gibt ein seltsames Fiepen von sich und sagt: »Verzeihung, Master Henry, aber in meinem

acht Trillionen Terabyte großen Rezepte-Speicher ist kein Kotz-Vollkorntoast verzeichnet. Und auch kein Ekel-Müsli. Ich könnte höchstens ...«

»Halt die Klappe, Bocuse. Und mach mir einfach ein Sandwich und eine Tasse Tee!«

»Sehr wohl, Master Henry.«

Selbst im Jahr 18.774 ist noch kein Gesetz erfunden, das es 12-Jährigen erlaubt, selbst zu entscheiden, was sie zum Frühstück essen wollen. Ein Skandal! Ich werde einen Beschwerdebrief an das intergalaktische Versorgungsministerium schicken: Lieblingsessen für alle!

3.

Ich mampfe gerade lustlos mein Frühstücks-Sandwich, als sich der Home-Kommunikator mit seinem typischen Signallaut meldet: »Füüüttttüüüüt!«

Dann sagt eine synthetische Stimme: »Besuch für Master Henry. Darf ich auf Holomodus umstellen?«

»Klar. Mach schon, du Neutronenschnarcher.«

Über dem Küchentisch entsteht ein Laser-Hologramm meines besten Freundes Babbel. Er hält mit seinem Fluggleiter direkt vor unserer Wohnungstür im 387. Stock des Apartment Towers. »Hey, Henry, bist du so weit? Ich nehme dich mit zur Schule!«, ruft Babbel gut gelaunt.

Wow! Endlich kommt in diesen Ätz-Tag ein wenig Schwung! Mit Babbel auf seinem Highspeedgleiter zur Schule zu flitzen, ist immer ein Riesenspaß.

»Ich muss nur noch eben mein Sandwich runterschlucken. Dann bin ich da«, rufe ich begeistert und springe vom Tisch auf.

»Hm. Hm.«

Verdammt, jetzt habe ich schon wieder Mom vergessen. Ich sehe sie fragend an, aber sie schüttelt den Kopf. »Kommt gar nicht infrage, Henry. Du weißt, was ich von diesen Fluggleitern halte. Und morgens ist auch noch so schrecklicher Berufsverkehr. Das ist viel zu gefährlich.«

»Bitte, Mom! Ich verspreche dir, dass wir ganz vorsichtig fliegen! Sonst muss ich wieder mit dem *PSS* fahren. Das kannst du mir unmöglich antun!«

Der *Public School Shuttle,* kurz *PSS,* ist echt eine kosmische Strafe. Es ist furchtbarer als ein Tag in einem Foltergefängnis auf Drako VII. Der *PSS* ist ein vierhundert Meter langer, gelb-schwarz angemalter Schwebekreuzer, der die Schüler aus unserem Sektor von New Berlin zur Schule bringt. In dem Ding hat man nicht mehr Platz als einen Quadratzentimeter und wird regelmäßig zu Bambrinenmus zerquetscht. Seit ich letzte Woche einen Streit mit einer Gruppe Gastropoiden aus der 8. Klasse angefangen habe, ist es noch schlimmer – und das nur, weil ich ein paar Graffiti auf ihre Häuser gesprüht habe.

Okay, Gastropoiden sind Schneckenwesen und echt empfindlich, wenn es um ihre Häuser geht. Aber seitdem nutzen sie jede Gelegenheit, um mich vollzuschleimen!

»Bitte, Mom. Lass mich mit Babbel fahren! Bittebittebitte.«

»Ja, erlaub es ihm ruhig«, mischt sich glücklicherweise mein Dad ein, der auch gerade in die Küche gekommen ist.

Dad ist Raumpilot und trägt schon seine Uniform. Früher war er bei der *Magellan Adventure Force* und hat unbekannte Planeten erforscht. Total cool. Aber seit einigen Jahren arbeitet er bei *Air New Berlin* und fliegt Charterraumschiffe nach Ballermanios VI, einem Urlaubsplaneten im südlichen Galaxis-Quadranten. Mom seufzt und sagt: »Na gut, dann fahr mit Babbel, Schatz. Aber seid schön vorsichtig. Ich will nicht, dass ihr schon wieder von der Traffic Police nach Hause gebracht werdet!«

»Mom! Dad! Ihr seid die Besten«, sage ich jubelnd.

4.

Keine fünf Minuten später sause ich mit über zweihundert Sachen durch die Häuserschluchten von New Berlin. Der absolute Wahnsinn! Babbel legt sich in die Kurven, als wäre die halbe Armee der tronotanischen Piraten-Kolonie hinter uns her!

Babbel ist übrigens kein Mensch, sondern ein Tentakeloide vom Planeten Squid-Alpha. Er ist ungefähr so groß wie ich, sieht aber alles in allem aus wie ein Tintenfisch – obwohl man das in seiner Gegenwart besser nicht sagen sollte. Er ist ein echt toller Typ, mit dem man jede Menge Quatsch anstellen kann! Wir sitzen in fast jeder Schulstunde nebeneinander und sind bei den Lehrern als totales Chaos-Team gefürchtet.

Um uns herum herrscht dichter Berufsverkehr. Auf fast allen Schwebeebenen stauen sich die Gleiter und hupen ungeduldig. Babbel stört das nicht. Er taucht einfach unter den Gleiter-Kolonnen hindurch, fliegt entgegen der vorgeschriebenen Flugrichtung oder dreht gewagte Schrauben und Loopings. Ich sitze hinter ihm und klammere

mich an ihm fest, um nicht in die bodenlose Tiefe unter uns zu stürzen.

Ganz nebenbei genieße ich die Wahnsinnsaussicht auf die Skyline der Stadt.

New Berlin – oder *NB* – ist die Hauptstadt von Terra VII, einem der zahlreichen Planeten, die die Menschheit in den zurückliegenden zehntausend Jahren besiedelt hat. *NB* ist mit ungefähr 120 Millionen Einwohnern eher klein. Trotzdem lebe ich gerne hier. Es ist cool und eigentlich immer was los. Weit weg am Horizont erkennt man das wichtigste Gebäude der Stadt – jedenfalls meiner Meinung nach. Es ist das Stadion von Kosmo Terrania VII, der besten, großartigsten Basksoccermannschaft des Universums. Ich bin bei fast jedem Spiel dabei, obwohl Kosmo gerade vom Abstieg in die Sonnensystemklasse bedroht ist. Erst neulich haben wir gegen Kick Saturnia verloren, die kotzigste Mannschaft überhaupt. Das Ergebnis war niederschmetternd: 897 : 1.

Lag daran, dass die Saturnianer für drei Trillionen Galaktos den Mittelstürmer vom BSC Andromeda gekauft haben. Der Typ ist ein Arthopoide aus dem Iberico-System. Und Arthopoiden haben nun einmal sechzehn Beine und vier Arme, die jeweils ungefähr zwanzig Meter lang sind. Mann, der Typ hat ganz alleine fast 700 Tore geschossen! Was soll man da machen?!

Jedenfalls ist New Berlin einfach die beste Stadt des Universums! Ich will niemals irgendwo anders wohnen.

5.

Babbel stellt den Gleiter auf dem großen Schulparkplatz ab, direkt vor dem 98 Stockwerke hohen Neil-Armstrong-School-Komplex. Die jüngeren Schüler beobachten uns mit neidischen Blicken. Schließlich müssen sie entweder mit dem *PSS* fahren oder mit ihren total schrottigen AirBikes herstrampeln.

Leider haben uns auch die älteren Schüler sofort bemerkt. Die gucken allerdings nicht neidisch. Sondern eher kampflustig.

Ein paar Jungs hängen immer hier auf dem Parkplatz ab. Sie lutschen heimlich prasitanische Dröhnbohnen oder rauchen Traumstrauchblätter. Dann sind sie völlig berauscht und reißen blöde Sprüche, über die sie sich selbst am meisten kaputtlachen.

Ach ja, und sie vertreiben sich die Zeit damit, jüngere Schüler zu ärgern und über den Schulhof zu schubsen ...

»Los, lass uns schnell reingehen«, sage ich zu Babbel.

»Ja, nichts wie weg hier«, stimmt er mir zu und bewegt sich in Richtung Eingangstür.

Aber es ist schon zu spät. Eine Gruppe aus mindestens fünf Typen schneidet uns den Weg ab und umkreist uns wie ein Rudel hungriger Wölfe. Es sind ausgerechnet Rock Donitor – genannt Rock the Schock – und seine Gang!

Mann, können die uns nicht endlich mal in Ruhe lassen?! Mit denen hatten Babbel und ich erst letzte Woche Ärger!

Rock the Schock ist genau wie ich ein Humanoide, obwohl er nicht von Terra VII stammt, sondern von einem Planeten im Outer Rim. Mit ihm könnte ich es notfalls aufnehmen. Schließlich ist der Typ so bescheuert, dass er sich selbst boxen würde, wenn man ihm einen Spiegel vors Gesicht hält.

Aber die anderen aus seiner Gang sind echt nicht ohne. Es sind ein paar Mangusen dabei, also vierarmige Baumbewohner mit Zottelfell und Krallenhänden vom Planeten Mangus. Und – noch schlimmer – Staffordier.

Staffordier haben humanoide Körper mit Fell, aber die zähnefletschenden Köpfe von Kampfhunden. Außerdem sind sie supermuskulös und, na ja, bissig.

Mit anderen Worten: Sich mit einem Staffordier anzulegen, ist der reinste Selbstmord!

Rock kommt immer weiter auf mich zu, bis sich unsere Nasenspitzen fast berühren. Er grinst wie ein Nachwuchsmafioso vom Planeten Mariopuzo und sagt: »Hey, Vegas, ich kann's nicht fassen, dass du dich in die Schule traust.«

»Wenn's nach mir ginge, wäre ich gerne zu Hause geblieben, Rock. Dann müsste ich wenigstens deinen Mundgeruch nicht riechen.«

»Du weißt, was wir besprochen haben, Vegas! Heute ist Zahltag!«, brüllt Rock mir ins Gesicht.

Rock the Schock und seine Gang kassieren regelmäßig fast alle Sechstklässler ab. Und letzte Woche haben sie auch Babbel und mich zur Kasse gebeten. Jeder von uns soll ab sofort fünf Galaktos pro Woche zahlen, sonst gibt es täglich eins auf die Nuss. Und zwar vor der Schule, während der Schule und nach der Schule.

Ich sehe zu Babbel herüber, dem bereits zwei Mangusen auf die Pelle gerückt sind und ihm ihre Krallenhände in die Tentakel drücken.

Rock folgt meinem Blick, lacht dreckig und sagt: »Dein blöder Tintenfischfreund wird dir nicht helfen können, Vegas. Er ist genauso dran wie du. Also, wo ist das Geld?!«

Ich ziehe zischend die Luft durch die Zähne ein. Das war ein ganz großer Fehler von Rock. Niemand sollte Babbel einen Tintenfisch nennen. Auch wenn er zugegebenermaßen so aussieht. Aber er ist kein Fisch, sondern ein hochintelligenter Tentakeloide.

Babbels normalerweise rosafarbene Haut hat sich blau, ja fast sogar schwarz verfärbt, ein sicheres Zeichen, dass er stinkwütend ist. Im nächsten Moment stößt er ohne weitere Vorwarnung eine riesige Tintenwolke aus, die beide Mangusen direkt in die Augen trifft. Sie heulen vor Schmerz auf.

Jetzt ist sowieso alles egal, denke ich. Kurz entschlossen ramme ich meinen Kopf gegen Rocks Nase und trete ihm dann mit aller Macht gegen das Schienbein.

Das Bandenoberhaupt geht mit einem Schrei in die Knie. Mit schmerzerstickter Stimme zischt er: »Du bist geliefert, Vegas. Los, Leute, macht die beiden fertig!«

Mit lautem Gebell stürzen sich die Staffordier auf uns, gefolgt von den Mangusen, die ihr seltsames Uh-uh-uh-Kriegsgeschrei ausstoßen.

Vierarmige Affen und zweibeinige Hunde – wenn die Lage nicht so ernst wäre, würde ich am liebsten laut loslachen! (Keine Missverständnisse – beide Spezies sind Sapiensi, also intelligent. Sie können sprechen und verfügen über Raumfahrttechnologie. Obwohl, intelligent?!)

Babbel und ich stehen Rücken an Rücken und wehren die ersten Angriffe erfolgreich ab. Babbel gelingt das besser als mir, schließlich hat er gleich acht Arme zur Verfügung, mit denen er boxen kann.

Trotzdem haben wir auf Dauer keine Chance. Unsere Angreifer sind einfach zu viele.

Wir sind geliefert.

Dann ist es auch schon so weit. Einer der Staffordier packt meine Arme und reißt sie herunter. Ein zweiter springt auf mich zu und will mir seine haifischscharfen Zähne in die Kehle rammen – doch plötzlich erstarren die beiden, als wären sie mitten in der Aktion schockgefroren worden.

Auch alle anderen Angreifer sind von einem Moment auf den anderen bewegungsunfähig geworden.

Genau wie ich und Babbel übrigens. Wir können uns nicht mehr rühren. Ein ziemlich mieses Gefühl, wenn ihr mich fragt.

Kurz darauf senkt sich ein Robotgleiter der Schulaufsicht über unseren Köpfen hinab. Er hat uns mit einem Paralysestrahler schachmatt gesetzt. Aber damit hat er zumindest auch verhindert, dass Babbel und ich von der Gang zu Bambrinenmus verarbeitet werden.

Eine lautsprecherverstärkte Robotstimme schallt von oben herunter: »Schüler! Ihr habt soeben gegen die Paragrafen 7, 9, 24 und 36 der planetaren Schulordnung verstoßen! Eure Eltern oder zuständigen Erschaffer werden über den Vorfall informiert. Haltet eure ID-Karten in die Höhe, damit eure Personalien aufgenommen werden können!«

Die Wirkung des Paralysestrahlers lässt langsam nach

und wir können uns wieder bewegen. Babbel und ich kramen unsere ID-Karten raus, genau wie Rock und seine Gang. Die Idioten machen betretene Gesichter, weil sie für die Aktion von der Schule fliegen könnten.

Babbel und ich dagegen grinsen unauffällig. Wir besitzen gefälschte IDs, sodass wir später mit ein wenig Glück nicht beim Schuldirektor anrücken müssen.

Unter den strengen Blicken des *AR,* des Aufsichtsrobot, der aus dem Gleiter gestiegen ist, marschieren wir schließlich durch das Schulschott und gleiten im Gravoschacht nach oben zu den Klassenräumen.

Bevor Babbel und ich den Schacht verlassen, raunt Rock uns mit gepresster Stimme zu: »Wir sprechen uns noch, Vegas. Du und der Tintenfisch, ihr seid nicht vom Haken. Bezahlt lieber, sonst seid ihr geliefert.«

»Und du putz dir lieber mal die Zähne, Rock. Dein Mundgeruch ist ja nicht zum Aushalten«, erwidere ich.

Lachend springen Babbel und ich aus dem Schacht und stürmen in den Klassenraum.

6.

In der ersten Stunde haben wir Astrophysik. Ich liebe dieses Fach, schließlich will ich einmal Raumpilot werden. Nur wenn ich in Fächern wie Sternenkunde, Planetologie und Astrophysik gute Noten habe, bekomme ich die Chance, später auf die Space Academy zu gehen.

Heute nehmen wir ein megaspannendes Thema durch: Schwarze Löcher. Diese geheimnisvollen Erscheinungen gehören zu den noch fast unerforschten Phänomenen des Universums. Sie bestehen aus zusammengefallenen Alt-Sternen und saugen wie hungrige Brachilosauren alles an Materie in sich rein, was ihnen zu nahe kommt. Sogar Funkwellen und Licht – darum sind sie ja auch schwarz.

Erst vor ungefähr vierhundert Jahren ist es einem intergalaktischen Wissenschaftlerteam zum ersten Mal gelungen, eine Anti-Photonen-Drohne ins Innere eines schwarzen Lochs zu schicken und erste Aufnahmen zu machen.

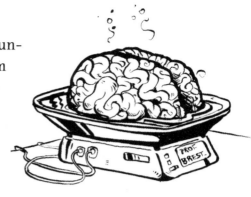

Heute erklärt unser Lehrer, Mister Brestschonekew, ein vaskonischer Neuropal, was die Schwarze-Loch-Forschung als Nächstes plant: Ein Forschungsteam auf Terra III arbeitet daran, ein Raumschiff mit einem Anti-Photonen-Schutzschild auszustatten. Damit könnte dann zum ersten Mal jemand in das Innere eines Schwarzen Lochs reisen.

Mr Brest, wie wir ihn nennen, schwafelt von Antimaterie, Singularitäten und Hawkingstrahlung. Aber wenn ich ehrlich bin, verstehe ich nur SpaceBahnhof.

Vielleicht liegt es daran, dass vaskonische Neuropale zu den intelligentesten Völkern der Galaxis zählen. Sie stammen von einem Planeten namens Brainius. Im Laufe der Evolution ist ihr Körper immer weiter geschrumpft, sodass sie eigentlich nur noch aus Gehirn bestehen.

Um genau zu sein, ist Mister Brestschonekew also dieser pulsierende Hirnwulst, der vorne auf dem Pult in einer Glasschale liegt. Er ist mithilfe einer Neuro-

Schnittstelle mit einem Robot verbunden, der für ihn gerade eine Formel an die Tafel schreibt:

$$T_H = \frac{\hbar c^3}{8\pi G M k_B} \left(2{,}1 \times 10^{67} \, M^3/M_\odot^3 \, a\right)$$

Aber wie gesagt, ich kapiere nicht so richtig, wie das funktionieren soll. Da werde ich zu Hause wohl ein paar Extrastunden mit meinen Astrophysikbüchern verbringen müssen.

7.

Der Rest des Schultages geht schnell vorbei.
Wir haben unter anderem Kosmische Geschichte, wo wir die vabrilonischen Kriege durchnehmen.  Die Kämpfe toben seit mehr als dreitausend Jahren auf dem weit entfernten Planeten Vabrilos, wobei niemand mehr so genau weiß, warum eigentlich. Darum kämpfen die verfeindeten Parteien auch gar nicht mehr selbst gegeneinander, sondern lassen auf einem unbewohnten Mond Roboter gegeneinander antreten. Eigentlich könnten sie das Ganze einfach beenden. Aber die Kampfroboter-Industrie ist auf Vabrilos ein wichtiger Arbeitgeber und darum wird es wahrscheinlich nie Frieden geben.

Danach folgt eine Stunde Kosmoranto, die Sprache, mit der man sich im All mit fremden Spezies unterhält. Wir schreiben einen Vokabeltest, bei dem ich ganz gut abschneide. Mein Vater hat mit mir schon Kosmoranto gesprochen, als ich noch ganz klein war. Auch das muss man fließend beherrschen, wenn man auf die Akademie will, um SpacePilot zu werden.

Nur nebenbei bemerkt, *Ich bin ein Mensch* heißt auf Kosmoranto: *Summo Ÿ Äd-Zweibeinius.*

Ich nehme einen Burger mit Pommes und Ketchup heißt:

8.

In der Mittagspause gehen Babbel und ich in die Schulcafeteria. Ich esse einen Chicken-Taco und trinke eine Cherry-Coke. Babbel nimmt einen Fisch-Taco und trinkt eine Herings-Coke.

Danach müssen wir nur noch eine Doppelstunde Englisch überstehen. Total ätzend und reine Zeitverschwendung, wenn ihr mich fragt. Seit fast zehntausend Jahren spricht kein Mensch mehr Englisch, abgesehen von ein paar Fremdwörtern, die übrig geblieben sind. Und trotzdem müssen wir Schüler die ganzen Vokabeln lernen.

Ich hasse tote Sprachen.

9.

Endlich ist die Schule vorbei! Babbel und ich wollen gerade in den Gravoschacht springen und runter zum Parkplatz schweben, als uns ein *AR* den Weg versperrt.

Mit seiner Robotstimme sagt er: »Seid ihr die Schüler Henry Vegas und Babbelusius Sepiamis?«

»Und wennschon! Mach den Weg frei, du Schrotthaufen«, knurre ich.

»Bitte, beantwortet meine Frage.«

Babbel und ich wechseln einen besorgten Blick. Ich zucke mit den Schultern, er zuckt mit seinen Tentakeln. Wir seufzen beide und Babbel sagt zu dem *AR:* »Ja, sind wir.«

»Mitkommen. Der Direktor will euch sehen.« Wir haben also doch ein Problem! Wieder mal!

10.

Das letzte Mal, dass Babbel und ich bei Mister Siblinski, unserem Direktor, antreten mussten, ist gerade mal vier Wochen her. Damals hatten wir in der ganzen Schule Knallerbsen verstreut. Zugegeben, es waren orionische Donnererbsen, die so laut knallen wie kleine Handgranaten, wenn jemand drauftritt.

Damals mussten wir Mr Siblinski hoch und heilig versprechen, ab sofort nichts mehr anzustellen. Sonst würde er zu anderen Maßnahmen greifen. Was immer das genau heißen sollte.

Mit düsteren Vorahnungen klopfen Babbel und ich an die Tür von Mr Siblinskis Büro im 98. Stock.

»Kommt rein, ich habe euch erwartet«, ruft der Direktor streng.

Wir betreten das Büro, das Mr Siblinski ganz im Stil seines Heimatplaneten Monsunus V dekoriert hat. Es sieht aus wie im Urwald. Alles ist total von Pflanzen überwuchert und von der Decke fällt künstlicher Dauerregen.

Babbel und ich kneifen die Augen zusammen und versuchen, Mr Siblinski zu entdecken. Ist aber gar nicht so einfach. Er ist ein Plantanier, also ein Pflanzenwesen. Um genau zu sein, ist er ein Ficus Sapiens, ein Laufwurzler. Er sieht aus wie ein Baum.

»Seid ihr blind?! Ich bin hier«, schreit der Direktor schließlich. Tatsächlich! Mr Siblinski sitzt ganz normal an seinem Schreibtisch, nur dass er zwischen den übrigen Pflanzen eben perfekt getarnt ist.

»Könnt ihr euch denken, warum ihr hier seid, Jungs?«, fragt er.

Ich beiße mir auf die Lippen und überlege, was eine geschickte Antwort sein könnte. Babbel sagt auch nichts.

Mr Siblinski schüttelt ärgerlich seine Äste und sagt: »Nun, dann will ich euch mal auf die Sprünge helfen. Bevor ich euch rufen ließ, habe ich ein ernstes Wort mit Rock Donitor und seinen Kumpanen gewechselt. Die Jungs haben eine saftige Strafarbeit bekommen. Außerdem mussten sie mir hoch und heilig versprechen, ab sofort die jüngeren Schüler in Ruhe zu lassen.«

»Sehr gut, Mr Siblinski. Das war längst überfällig. Darf ich Sie als Dankeschön ein wenig gießen?«, frage ich grinsend.

»Werd nicht frech, Henry Vegas! Du steckst wurzeltief in Schwierigkeiten, junger Mann. Und du genauso, Babbelusius.«

»Aber wir haben doch gar nichts gemacht! Rock hat uns angegriffen. Wir haben uns nur verteidigt«, bringt Babbel kleinlaut hervor.

»Wir wollten keinen Ärger machen. Ehrlich nicht«, füge ich hinzu.

»Oh, das weiß ich. Aber ihr habt versucht, den Aufsichtsrobot mit gefälschten IDs zu täuschen. Und das ist leider ein Vergehen, gegen das die Schlägereien von Rock Donitor eine Kleinigkeit sind!«

Verdammt! Daher weht also der Wind!

Mit belegter Stimme sage ich: »Es tut uns leid, Mr Siblinski. Wir hatten ja eigentlich versprochen, nichts mehr anzustellen. Nur darum ...«

Der Direktor sträubt seine

Blätter, die sich dunkel verfärben, und gibt ein unheimliches Rascheln von sich. »Das ist eine schwache Entschuldigung, Henry Vegas. Und eine törichte dazu. Du solltest wissen, dass die Robots euch nicht nur anhand eurer IDs identifizieren, sondern immer auch einen Iris-Scan durchführen, eine Atemprobe nehmen, eine DNA-Spektralanalyse einleiten und einen Fernscan eurer Fingerabdrücke machen – beziehungsweise im Fall von Babbelusius der Saugnapfabdrücke. Euer Täuschungsversuch war also lächerlich. Ich sollte euch in jedem Fall wegen unglaublicher Dummheit bestrafen.«

Babbel und ich sind noch frustrierter als ohnehin schon. Schließlich haben wir uns wirklich dämlich angestellt.

Dann aber nehmen die Blätter von Mr Siblinski wieder eine hellgrüne Farbe an. Mit versöhnlicher Stimme sagt er: »Auf der Videoaufzeichnung des Aufsichtsrobots konnte ich sehen, dass ihr zwei euch heute Morgen sehr tapfer geschlagen habt. Immerhin waren die Rowdys in der Überzahl. Darum sehe ich heute von einer Bestrafung ab. Aber lasst euch in den nächsten zwei Wochen nichts mehr zuschulden kommen! Ihr wollt doch schließlich mit auf die Klassenfahrt, oder etwa nicht?!«

»Doch, auf jeden Fall«, sage ich wie aus der Lasergun geschossen.

»Unbedingt«, fügt Babbel hinzu.

»Dann gebt euch Mühe. Denn sonst werdet ihr zu Hause bleiben!«

Nachdem wir das Büro verlassen haben, sehen Babbel und ich uns erschöpft an. Ein Grinsen will uns nicht gelingen. Die Drohung des Direktors ist heftig. Noch eine Verwarnung und wir dürfen nicht mit auf Klassenfahrt. Und das darf auf keinen Fall passieren. Auf dieses Großereignis freuen wir uns schließlich schon seit Monaten!

11.

In den folgenden zwei Wochen verhalten Babbel und ich uns wie Musterschüler. Wir machen regelmäßig unsere Hausaufgaben, arbeiten ordentlich im Unterricht mit und schreiben in allen Tests gute Noten.

Wir wissen, wofür wir das tun. Schließlich ist die bevorstehende Klassenfahrt das größte Ereignis unserer bisherigen Schullaufbahn. Zum ersten Mal werden wir ohne unsere Eltern eine interstellare Reise antreten! Wir werden mit Überlichtgeschwindigkeit in entlegene Galaxien fliegen und fremde Planeten besuchen, wir werden in SpaceHotels übernachten und mit ein bisschen Glück sogar Kontakt zu unbekannten Spezies aufnehmen!

Ich kann kaum erwarten, dass es losgeht!

Und ich würde garantiert vom Dach des School-Towers springen, wenn ich am Ende doch zu Hause bleiben müsste!

12.

Abends nehme ich mir immer wieder mein Astrophysik-Lehrbuch vor und versuche, das Geheimnis der Schwarzen Löcher zu ergründen.

Ich frage mich, wie das, wovon Mr Brest gesprochen hat, funktionieren soll. Wie kann ein Raumschiff in ein schwarzes Loch fliegen und heil wieder herauskommen? Jeder weiß, dass Schwarze Löcher so etwas wie kosmische Schrottpressen sind, die sogar ein Raumschiff aus molekularverstärktem Titanium in Sekundenbruchteilen zermalmen würden.

Andererseits hat der berühmte Kosmologe Stephen Hawking schon vor Tausenden von Jahren festgestellt, dass für jedes Teilchen, das von einem Schwarzen Loch aufgesaugt wird, ein Antiteilchen zurück ins All geschleudert wird. Auf die Art könnte man ein Schwarzes Loch vielleicht überlisten, ganz wie Mr Brest gesagt hat. Man müsste ein Raumschiff mit einem Antiteilchen-Schutzschirm ausstatten, sodass das Schwarze Loch es gar nicht als Materie identifiziert und die Gravitationsschrottpresse nicht aktiv wird. Klingt doch nach einem Superplan.

Ich habe das seltsame Gefühl, einem großen Geheimnis auf der Spur zu sein.

Blöderweise kann ich mich nicht so richtig auf die Sache konzentrieren. Liegt daran, dass meine Mom und meine Schwester drüben im Wohnzimmer laut herumkreischen, weil sie die Endausscheidung von *Milky Way's Next Topmodel* gucken. Ich finde die Sendung total bescheuert. Schließlich gewinnt seit viertausend Jahren immer eine Blondianerin vom Planeten Stylus. Die Mädchen dieser Spezies sind ziemlich hübsch, aber total unterbelichtet.

13.

Endlich ist der Tag unserer Abfahrt gekommen. Da Babbel und ich keine weiteren Katastrophen ausgelöst haben, dürfen wir mit – auf Klassenfahrt quer durchs Universum. Ich wache schon frühmorgens auf und springe übermütig aus meinem Hightech-Bett. Übrigens ist es ein Modell mit reduzierter Schwerkraft, automatischer Körperwärmeregulierung und Schöne-Träume-Generator.

Ich bin shakermäßig aufgeregt und kann es kaum noch erwarten.

Zwar bin ich schon ein paar Mal mit intergalaktischen Raumschiffen unterwegs gewesen, aber das waren nur kurze Fahrten zu irgendwelchen Ferienplaneten. Außerdem waren da immer meine Eltern und meine Schwester dabei.

Ich nehme eine kurze PowerShower und lasse mich

dann von dem elektronisch gesteuerten Hurricanator trocken pusten.

Als ich aus der Nasszelle komme, empfängt mich in meinem Zimmer ein herzzerreißendes Schluchzen. Es ist Chiva, mein Helferrobot. Er starrt mich aus rot verheulten Roboteraugen an.

»Oh, Master Henry! Sie wollen mich wirklich verlassen?! Wie soll ich das nur überleben?!«

»Keine Sorge, Blechkiste. In zwei Wochen bin ich wieder da. Du musst also nicht traurig sein.«

»Aber das bedeutet, dass ich zwei Wochen lang völlig nutzlos sein werde.«

»Das bist du doch sowieso.«

Chiva heult auf wie ein Rasenmäher. Ich klopfe ihm zärtlich auf seinen Metallkörper und sage: »Das war ein Witz, Chiva. Du bist nicht nutzlos. Du könntest in der Zwischenzeit zum Beispiel mein Zimmer aufräumen.«

»Ihr Zimmer aufräumen, Master Henry? Aber ich fühle mich so schwächlich. Vielleicht sollte ich während Ihrer Abwesenheit einfach Pause machen und mich erholen?!«

»Ja, tu das, Blechkiste. Vielleicht hilft es ja«, sage ich grinsend.

Chiva ist wirklich der unnützeste Roboter der Galaxis. Aber aus irgendeinem Grund mag ich ihn trotzdem.

14.

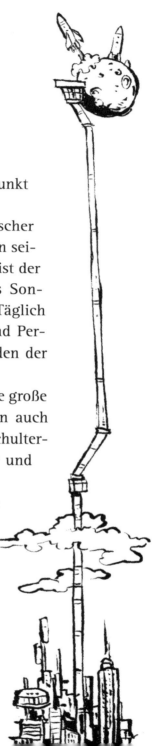

Meine Eltern bringen mich zum Treffpunkt direkt beim Lunavator.

Der Lunavator ist eine Art gigantischer Fahrstuhl, der Terra VII mit dem größeren seiner beiden Monde verbindet. Dort oben ist der größte interstellare Raumhafen unseres Sonnensystems, der sogenannte SpacePort. Täglich gehen hier Tausende von Transport- und Personenflügen in die entlegensten Gegenden der Galaxis ab.

Auf dem Gleiter-Parkplatz hat schon die große Abschiedszeremonie begonnen. Wo man auch hinguckt, sieht man heulende Moms, schulterklopfende Väter, neidische Geschwister und genervte Mitschüler.

Wir steigen aus und ich dirigiere meinen Schwebekoffer aus dem Gepäckraum. Der Koffer ist allerdings sowieso fast leer. Seit es die selbstreinigenden Unterhosen von Espriso-BlitzBlank gibt, nehme ich fast keine Klamotten mehr mit!

Meine Mutter fängt auf der Stelle

an zu heulen und sagt mir in einer Endlosschleife, dass sie mich vermissen wird.

Mein Vater klopft mir freundschaftlich auf die Schulter und gibt mir Tipps, worauf ich achten soll.

Meine Schwester giftet mich neidisch an und meint, dass der Direktor mich niemals hätte mitfahren lassen dürfen, weil ich ja doch immer nur alles ins Chaos stürze.

Und ich stöhne genervt auf, weil ich endlich losfahren möchte!

Plötzlich habe ich aber doch einen Kloß im Hals. Schließlich werde ich bald Millionen von Lichtjahren von zu Hause entfernt sein. Wer weiß, was mich dort draußen erwartet? Das Universum ist immer noch voller unbekannter Gefahren!

»Mom, Dad, Schwesterchen – ich bin dann mal weg«, sage ich mit schwerer Stimme.

Ein letzter Kuss, eine letzte Umarmung. Dann gehe

ich rüber zu Babbel und den anderen. Insgesamt sind wir fast fünfzig Schüler aus zwei Parallelklassen, begleitet von zwei Lehrern. Alle grinsen mir blöd entgegen. Dabei sind ihre Gesichter genauso mit Lippenstift vollgeschmiert wie meins. Lauter Beweise für die Knutschattacken der Moms.

15.

Die Fahrt mit dem Lunavator dauert nur wenige Minuten. Die Transportkapsel schießt in die Höhe und durchstößt nach wenigen Sekunden die Atmosphäre von Terra VII.

Durch den Glasboden blicken wir hinab auf die blaugrün schimmernde Oberfläche unseres Heimatplaneten. Ich erkenne Ozeane und Kontinente, Gebirge und Städte.

Mann, sieht das cool aus! Im Geschichtsunterricht haben wir gelernt, dass die echte Erde – also Terra I – noch viel schöner sein soll. Aber so ganz genau weiß das niemand, weil die Erde vor ungefähr fünftausend Jahren spurlos verschwunden ist. Einfach weg. Als hätte sie sich in Luft aufgelöst. Inklusive der wenigen Menschen, die noch darauf gelebt haben.

Es ist eines der größten kosmischen Rätsel aller Zeiten.

Aber im Laufe der Jahrhunderte haben die Leute das Interesse an dem Thema verloren. Manchmal kommt halt etwas weg, ein KosmoPhone, ein SpacePen oder der Chip für den Haustürsensor.

In diesem Fall hat halt die Menschheit ihren Heimatplaneten verloren. So etwas kann passieren.

Inzwischen sind mehr als vier Millionen andere Planeten bekannt, auf denen intelligente Spezies siedeln. Da ist die gute alte Erde einfach nicht mehr so wichtig.

Obwohl ich schon gerne wüsste, was eigentlich passiert ist! Wer weiß, vielleicht finde ich ja auf der Klassenfahrt einen Hinweis auf die Lösung des Rätsels.

16.

Luna B wird vollständig von den Terminals des Raumhafens und den Start- und Landeflächen eingenommen. Dazu kommen die Radaranlagen, die Kontrolltower, die Schutzschirm-Generatoren, die SpaceFunk-Anlagen und Millionen anderer technischer Aufbauten.

Der ganze Trabant sieht aus wie ein gigantischer TechnoDungeon.

Alle paar Sekunden startet oder landet ein Raumschiff, darunter die blitzschnellen SpaceCedesse oder die feuerroten FerraroStarshooter (von denen mein Vater behauptet, sie seien fliegender Schrott).

Es gibt auch langsame Transportraumschiffe und gigantische SpaceZeppeline, die bis zu fünfzig Kilometer lang sein können.

SpaceZeppeline sind oft mehrere Hundert Jahre zwischen den Galaxien unterwegs, weshalb man besser nichts Verderbliches mit ihnen transportiert, also keinen frischen Fisch oder SpaceWurst.

Nachdem wir den Lunavator verlassen haben, steigen wir in einen großen Indoorgleiter um. Er bringt uns durch die endlosen Gänge des SpacePorts zu unserem Abfluggate. Durch die Glaskuppeln über uns sehen wir einen Schwarm SpaceGypsies, die gerade mit ihren

Sonnensegel-Schiffen in die Weiten des Weltalls aufbrechen. Die SpaceGypsies haben keinen Heimatplaneten. Sie verbringen ihr ganzes Leben auf ihren Schiffen und segeln von Planet zu Planet. Tolle Vorstellung!

17.

Schließlich erreichen wir unser Abfluggate, an dem unser Raumschiff schon auf uns wartet. Es ist ein rundes zylinderförmiges Modell, das achthundert Meter hoch und dreihundert Meter breit ist.

An der Außenwand prangt das riesige Logo von PEGASUS, der Hightech-Firma, die unsere Klassenfahrt sponsort und das Raumschiff zur Verfügung stellt.

Mister Aritoga, unser Lehrer, erklärt, dass es noch ungefähr eine Stunde dauern wird, bis wir an Bord gehen dürfen.

Misses Pomerolla, die ebenfalls mitkommt, ist eine Citronellistin. Sie sieht aus wie eine riesige Pampelmuse, in deren oberer Hälfte ein Gesicht ist. Ihre Gliedmaßen sind

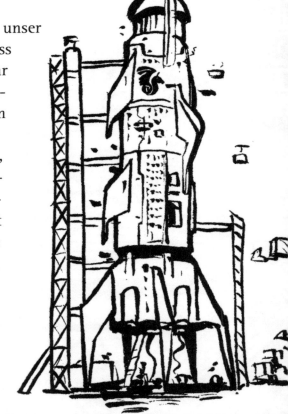

kurz und dick. Sie ist nicht gerade beliebt. Mit ihrer kreischenden Stimme kommandiert sie alle Schüler in den Wartebereich. »Hinsetzen! Und keiner rührt sich vom Fleck! Ich möchte euch schließlich im Blick behalten!«

Babbel und ich grinsen. Sie will uns im Blick behalten? Das soll sie mal versuchen!

Direkt gegenüber des Wartebereichs steht die Tür zu einem Gang offen. Als Mrs Pomerolla kurz abgelenkt ist, huschen Babbel und ich hinüber und schlüpfen hinein.

Wir finden uns in einem langen Korridor wieder, an dessen Wänden allerlei technische Geräte untergebracht sind. Offenbar werden von hier aus die Schiffe betankt und mit frischem Wasser versorgt.

Eine Treppe bringt uns auf ein höheres Level. Vor uns ist ein verlassener Kontrollraum. Durch ein Panoramafenster können wir in einen riesigen Hangar blicken, von dem aus der Frachtraum des Zylinder-Raumschiffes beladen wird.

Babbel stupst mich an und sagt: »Sieh mal, da unten steht unser Gepäck. Wird gerade eingeladen.«

»Abgefahren. Aber mich interessiert viel mehr, was das da ist.«

Ich zeige auf eine seltsame Maschine, die mit leuchtenden Warnhinweisen versehen ist. Auch sie wird gerade in den Laderaum des Schiffes gebracht, allerdings nicht von SpacePort-Mitarbeitern, sondern von finster dreinblickenden Typen in PEGASUS-Uniform.

Seltsam, denke ich. Wieso wird so ein seltsamer Apparat an Bord eines Raumschiffes gebracht, das eigentlich für einen Schulausflug gebucht ist?!

Plötzlich peitscht hinter uns eine Stimme durch den Raum! »Hey! Wer seid ihr zwei? Und was macht ihr hier?!«

Wir zucken zusammen und drehen uns blitzschnell zu einem riesigen Staffordier um, der ebenfalls eine PEGASUS-Uniform trägt. In seinem offenen Waffenholster baumelt eine schussbereite Lasergun.

»Gar nichts ... wir suchen nur ... also äh ... das Klo«, stammelt Babbel.

»Und dann haben wir zugesehen, wie unser Gepäck verladen wird«, füge ich hinzu.

Der Staffordier fletscht seine messerscharfen Zähne. »Diese Zone ist für Raumpassagiere verboten. Ihr habt hier nichts verloren. Los, geht zurück zu eurer Klasse. Ihr müsst sowieso gleich einsteigen.«

»Tut uns leid, Sir«, sage ich leise.

»Kommt nicht wieder vor, Sir«, ergänzt Babbel.

»Das ist auch besser so. Und jetzt Abmarsch.«

18.

Eine Lautsprecherdurchsage kündigt auf Kosmoranto an, dass unser Raumschiff zum Einsteigen bereit ist.

Misses Pomerolla lässt uns in Zweierreihen antreten. Durch die Gangway gelangen wir ins Innere des Schiffs. Dort beziehen wir erst einmal unsere Kabinen, die für die nächsten zwei Wochen unser Zuhause sein werden. Babbel und ich teilen uns natürlich eine Kabine. Schnell verstauen wir unsere Sachen in den Schränken, checken, ob das SpaceTV funktioniert, und rennen dann nach oben auf das Panorama-Deck, wo wir zusammen mit den anderen den Start miterleben wollen.

Durch die Bordlautsprecher gibt es noch eine kurze Ansprache des Captains. Er heißt Prschnts Krwstsnbzt und ist ein Nuschelanier aus dem Konsonant-System. Er erklärt uns, dass er seit über zwanzig Jahren Passagierschiffe durch die Tiefen des Alls steuert und sich auf die Fahrt mit uns freut.

Dann ist es so weit. Ein sanftes Zittern geht durch das Raumschiff und kurz darauf heben wir von der Mondoberfläche ab.

Das Panoramadeck wird auf Holomodus umgestellt, sodass wir das Gefühl haben, im freien Raum zu schweben. Über uns sehen wir den unendlichen Weltraum. Unter uns wird Luna B langsam kleiner.

Schließlich beschleunigen wir auf Überlichtgeschwindigkeit. Die Sterne am Himmel verschwimmen zu langen weißen Streifen und verschwinden schließlich ganz.

Wenn man das noch nie erlebt hat, kann es sein, dass einem bei dem Anblick schlecht wird.

Mir geht es gut. Aber Babbel, der neben mir sitzt, sieht ein wenig blass aus. Zur Ablenkung kaut er auf einem Thunfisch-Kaugummi.

Mit millionenfacher Lichtgeschwindigkeit rasen wir unserem ersten Ziel entgegen. Ich winke dem Servicerobot und bestelle mir eine Cola. Babbel bittet um eine SpaceKotztüte und reihert erst einmal die ganzen Shrimps-Chips aus, mit denen er sich vorhin vollgestopft hat.

19.

Nach zweiundzwanzig Stunden Flugzeit erreichen wir unser erstes Ziel: die Centaurius-Galaxie in der peripheren Gruppe M4567. Wir kehren in den Unterlicht-Flugmodus zurück. Auf dem Panoramabildschirm sehen wir unbekannte Sternenkonstellationen. Direkt über uns leuchtet eine kosmische Nebelwolke in total coolen Rot- und Violetttönen.

Wow, denke ich. So etwas gibt es bei uns zu Hause nicht. Bin gespannt, was uns noch alles erwartet!

Erst mal ist jetzt aber Zeit, etwas Richtiges zu essen. Bisher gab es nur einen kleinen Imbiss und mir knurrt der Magen. Auch Babbel, dem es wieder gut geht, hat Hunger bis unter alle acht Arme.

Kurz darauf meldet sich die Stewardess und bittet uns hinunter ins Bordrestaurant. Ein Jubeln geht durch die Reihen. Alle springen von ihren PanoramaChairs auf und stürmen zu den Gravoschächten, um möglichst als Erste beim Essen zu sein.

Im Restaurant erwartet uns ein gigantisches Buffet, das unter den Massen von Leckereien fast zusammenbricht.

Für den Schiffskoch war es bestimmt eine Herausforderung, alles vorzubereiten. Schließlich gehen in unsere Klasse Voltaner, Staffordier, Mangusen, Humanoide, Citronellister, Tentakeloide und ein paar Plantanier.

Und für jeden Geschmack ist etwas dabei! Es gibt Sandwichs und Hamburger, Zitteraalragout, Obstbraten, Bambrinenschnitzel, Muschelspieße, Insektenmüsli und Hunderte anderer Gerichte. Sogar Schneckenschleimterrine mit lakrytischen Stinkkäferlarven, das Leibgericht der meisten Mangusen, haben sie aufgetrieben.

Wir hauen rein, als hätten wir seit Monaten nichts gegessen. Nur die Plantanier sind wie üblich bescheiden. Sie füllen sich ihre mitgebrachten Gießkännchen mit Guanowasser und gießen sich selbst die Wurzeln. Dabei brummen sie behaglich und murmeln: »Mmmh. Guano. Lecker!«

20.

So eine Klassenfahrt ist leider echt keine Vergnügungsreise. Jeden Tag haben wir mehrere Stunden Unterricht, sodass uns die Köpfe rauchen vor lauter Informationsüberfrachtung.

Aber natürlich erleben wir auch jede Menge neue tolle Sachen. Am besten war bis jetzt der Ausflug auf die Oberfläche von Sabsus V, dem Heimatplaneten der Niegenugier.

Die sind eigentlich eine intelligente Spezies, haben aber einen unglaublich hohen Planetenverbrauch. Sabsus V ist das beste Beispiel. Der Planet ist längst verlassen, weil die Niegenugier ihn durch ihre Verschwendungssucht verseucht haben. Es sieht dort unten aus wie auf einer gigantischen Müllkippe und es stinkt zum Himmel.

Während wir in strahlensicheren Anzügen durch den hüfthohen Müll waten, erklärt uns Mr Aritoga, dass sich das Schicksal der Niegenugier sehr bald ändern könnte. Der Galaktische Rat überlegt, das Volk wegen Planetenverseuchung zu bestrafen und nach Kloakos zu verbannen, einer Outer-Rim-Welt, die nur von Kackosauriern bewohnt wird.

Kackosaurier sehen aus wie gigantische Wildschweine und ernähren sich von Erde. Ihren Namen verdanken sie der Tatsache, dass sie jeden Tag das Zwanzigfache ihres eigenen Körpergewichts ausscheiden.

Kloakos ist ein Planet der Ekel-Klasse VIII, der höchsten überhaupt. Es stinkt dort so bestialisch, dass keine andere Spezies freiwillig einen Fuß auf die Oberfläche setzt.

Das wäre die richtige Strafe für die Niegenugier. Vielleicht lernen sie auf Kloakos endlich, dass man auch mit Planeten ordentlich umgehen muss.

21.

Am dritten Abend sind Babbel und ich genervt. Wir haben gerade einen Ausflug ins Spezieskunde-Museum auf Langweilos VI, einem Universitätsplaneten im Academios-System, hinter uns gebracht.

Es war zum Einschnarchen! Stundenlang mussten wir Vorträge über die verschiedenen Spezies, ihre Heimatplaneten, ihre Kulturen und die Formen ihrer Esswerkzeuge über uns ergehen lassen. Echt ein Wunder, dass keiner vor Gehirnerweichung gestorben ist.

Wir beschließen, dass es höchste Zeit für ein wenig Abwechslung ist. Es gibt auch schon einen Plan! Wir werden heute Nacht in den Maschinenraum schleichen und den Gravitationsgenerator unseres Raumschiffs außer Gefecht setzen – dann ist hier endlich mal richtig was los!

Nach dem Abendessen gehen wir erst einmal brav auf unsere Kabine und tun so, als wären wir unglaublich müde.

Aber statt uns in die Kojen zu legen, bleiben wir wach und sehen uns auf dem Holoscreen ein paar Filme an.

Kurz nach Mitternacht brechen wir auf. Wir schleichen über den Korridor, in dem jetzt nur noch eine schwache Notbeleuchtung glimmt. Im Gravoschacht schweben wir nach unten in die untersten Levels des Schiffes. Hier sind die Triebwerke und die Bordtechnik untergebracht.

Wir sind jetzt schon total begeistert von unserem Plan und immer wieder lachen Babbel und ich uns halb tot. Schwerelosigkeit ist einfach super. Du kannst durch die Luft fliegen, wie es dir gefällt. Du kannst hundert Meter weit pinkeln. Du kannst Sachen durch die Luft schweben lassen. Und du kannst schimpfenden Lehrern heimlich einen Schubs geben, sodass sie wie rotierende Tornados durch die Luft wirbeln.

Allerdings ist es schwieriger als gedacht, den Gravitationsgenerator in diesem riesigen Schiff überhaupt zu finden. Die unteren Levels sind der reinste Irrgarten und schon nach wenigen Minuten haben wir uns heillos verlaufen.

Plötzlich bleibt Babbel ruckartig stehen. Ich re-

agiere zu spät und renne ihn erst einmal über den Haufen.

»Ey! Was soll das?!«, beschwert er sich.

»Du bist doch einfach stehen geblieben.«

»Stimmt. Aber sieh mal da«, sagt Babbel mit Flüsterstimme.

Er zeigt mit seinem Tentakel auf ein verschlossenes Schott, auf dem mit roter Farbe eine Buchstaben-Kombination aufgemalt ist.

Jetzt dämmert auch bei mir etwas. »Das ist der Laderaum, in den die PEGASUS-Typen die komische Maschine verstaut haben.«

»Exakt.«

»Denkst du dasselbe wie ich?«, frage ich.

»Blöde Frage. Natürlich«, antwortet Babbel grinsend.

Es dauert ein paar Minuten, aber dann haben wir den elektronischen Schließmechanismus des Schotts überlistet. Die Stahltür gleitet mit einem zischenden Geräusch in die Höhe und wir betreten den stockdunklen Laderaum.

22.

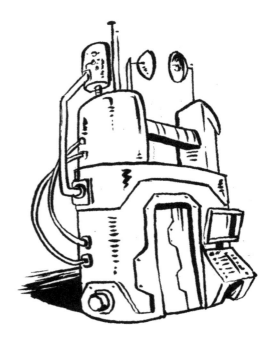

Nach wenigen Schritten flackert automatisch eine helle Beleuchtung auf. Der Raum hat ungefähr die Fläche eines halben Basksoccer-Felds, ist also riesig. Auch die Decke ist so hoch, dass man sie kaum erkennen kann.

Noch erstaunlicher ist aber, dass in dem Raum nichts drin ist – nichts bis auf die geheimnisvolle Maschine mit den leuchtenden Warnhinweisen.

Ausführlich nehmen wir den Apparat unter die Lupe. In der Mitte ist ein kompliziertes Bedienungsfeld mit einem Bildschirm und ungefähr tausend Knöpfen. Direkt daneben ist eine Art Eingangstür. Offenbar kann man also ins Innere der Maschine gehen.

»Hast du eine Idee, wozu man dieses Ding braucht?«, fragt Babbel und kratzt sich mit einem Tentakel am Kopf.

»Null. Aber es muss etwas Tolles sein. Sonst hätten sie das Teil kaum so bewacht.«

»Seltsam, dass sie es überhaupt an Bord gebracht haben ...«, murmelt Babbel.

»Vielleicht ist es etwas Verbotenes und PEGASUS möchte die üblichen Kontrollen umgehen. Schließlich würde der SpaceZoll kaum ein Raumschiff voller Schüler durchsuchen.«

»Ja, das könnte sein«, sagt Babbel und guckt sich unruhig um.

Er scheint genau wie ich auf einmal ein ziemlich mulmiges Gefühl im Bauch zu haben.

Trotzdem siegt meine Neugier. Ohne groß nachzudenken, drücke ich auf ein paar Knöpfe am Bedienfeld der Maschine.

Ein paar Sekunden passiert nichts. Dann erwacht das Ding mit einem lauten Surren zum Leben. Der Bildschirm wird hell und einige Lämpchen beginnen zu blinken.

»Wow! Scheint gar nicht so kompliziert zu sein«, sage ich.

Wahllos drücken Babbel und ich auf weitere Knöpfe. Plötzlich gibt die Maschine ein paar elektronische Piepser von sich und die schmale Tür in der Mitte gleitet auf.

»Wenn das mal keine Einladung ist«, sage ich grinsend.

»Ich weiß nicht ... und wenn es eine Bombe ist?!«, wendet Babbel ein.

»Hast du schon mal eine Bombe mit einer Tür gesehen?«

»Stimmt auch wieder.«

Hintereinander betreten wir den Kasten, wo uns ein seltsames blaugrünes Licht empfängt. Die glatten, weichen Wände bestehen aus einem seltsamen Material, das wir nicht kennen.

Eine Weile sehen wir uns gründlich um, sind danach aber auch nicht schlauer.

»Komm, lass uns verschwinden. Die Sache wird langweilig«, sagt Babbel.

»Finde ich auch. Vermutlich ist das Ding einfach nur ein Riesenkühlschrank oder so etwas.«

Plötzlich hören wir draußen im Laderaum Schritte. Sie nähern sich so schnell, dass wir nicht einfach verschwinden können. Jemand macht sich an dem Bedienungsfeld zu schaffen. Dann gibt die Maschine wieder ein paar Piepser von sich und die Tür gleitet zu.

Babbel und ich sehen uns an. Wir sitzen in der Falle.

23.

Was machen wir jetzt?«, fragt Babbel leise.

»Keine Ahnung. Abwarten.«

»Ich habe eine bessere Idee«, sagt Babbel. Er tritt an die Tür heran und hämmert mit seinen Tentakeln dagegen. »Hallo?! Wer ist da? Lassen Sie uns raus.«

Undeutlich hören wir von draußen Stimmen, können aber keine einzelnen Worte verstehen.

Jetzt beginne auch ich zu rufen: »Hey, das ist nicht witzig. Wir waren doch nur neugierig. Wir wollten nur ...«

Ich kann den Satz nicht mehr beenden. Das blaue Licht im Inneren der Maschine wird heller und ein hoher surrender Ton schmerzt in unseren Ohren.

Wir müssen geblendet die Augen schließen und uns die Ohren zuhalten.

Dann wird es schlagartig stockdunkel. Und eiskalt. Babbel und ich schreien auf. Es kommt uns vor, als würden wir schockgefroren. Unglaubliche Schmerzen durchzucken uns.

Dann werden wir beide ohnmächtig.

24.

Als ich aus meiner Ohnmacht erwache, habe ich keine Ahnung, wo ich bin.

Vorsichtig öffne ich die Augen, schließe sie aber sofort wieder. Viel zu hell da draußen. Und viel zu heiß.

Nach ein paar Minuten starte ich den nächsten Versuch. Das Ergebnis ist dasselbe. Es ist hell und heiß.

Nur ganz langsam gewöhne ich mich an das gleißende Licht und kann meine Augen offen halten.

Ich setze mich auf und blicke mich um.

Um mich herum ist nichts.

Genauer gesagt, ist es eine endlose Wüste, die sich nach allen Seiten bis zum Horizont ausdehnt. Mit der Hand greife ich in den glühend heißen Sand und lasse ihn durch die Finger rieseln.

Mir ist heiß.
Sehr heiß.
Kochend heiß.
Eine kalte Coke wäre jetzt genau das Richtige. Ist nur leider kein Kiosk oder Getränkeautomat zu sehen.
Weil halt gar nichts zu sehen ist.
Außer einer endlosen, kochend heißen Wüste.
Babbel liegt neben mir und ist immer noch ohnmächtig. Ich rüttle ihn sanft und er gibt ein leises Stöhnen von sich.
Ich habe Angst.
Dann aber muss ich lachen. Klar, endlich kapiere ich, was los ist. Ich liege zu Hause in meinem Bett, aber dummerweise ist der Schöne-Träume-Generator kaputtgegangen. Erleichtert lege ich mich wieder zurück und schließe die Augen.
Der Quatsch mit der Wüste ist bestimmt gleich vorbei.

25.

Wach auf, Henry. Los, mach die Augen auf.«

Babbel schüttelt mich mit seinen Tentakeln. Ich sehe ihn aus zusammengekniffenen Augen an, blicke dann nach rechts und links.

Endlose Wüste. Kochende Hitze. Sengende Sonne.

»Verdammt, ist doch kein Traum, oder?«, frage ich.

»Nee, du bist wach. Genau wie ich«, sagt Babbel. Seine Stimme klingt niedergeschlagen.

Ich setze mich auf und sehe ihn ratlos an. »Hast du eine Ahnung, was passiert ist oder wo wir sind?«

»Null. Keinen Schimmer.«

»Vielleicht sind wir noch in der Maschine und das hier ist eine Art Holoprogramm?«, schlage ich vor.

Ich stehe auf und gehe ein paar Schritte in jede Richtung. Wenn wir noch in der Maschine wären, hätte ich gegen eine Wand stoßen müssen.

»Also kein Holoprogramm«, seufze ich und setze mich wieder neben Babbel.

»Nee, es ist einfach eine echte blöde Wüste«, sagt Babbel und stützt den Kopf frustriert in ein paar seiner Tentakel.

Über uns brennt eine orangegoldene Sonne an einem wolkenlosen Himmel. Es sind mindestens fünfundvierzig Grad. Oder noch mehr.

Es ist die reinste Hölle.

Babbel macht die Hitze noch mehr zu schaffen als mir. Wenn er nicht bald etwas zu trinken bekommt, sieht er aus wie ein getrockneter Stockfisch.

Ich stehe wieder auf und klettere auf eine der sanft ansteigenden Sanddünen. Weit entfernt am Horizont erkenne ich ein paar Berge. Ansonsten ist nirgendwo auch nur das kleinste bisschen Schatten zu sehen.

Ich krame mein KosmoPhone aus der Hosentasche und werfe einen Blick drauf.

Hat natürlich keinen Empfang. Wundert mich irgendwie nicht. Wenn man Pech hat, kommt Unglück meistens noch dazu.

26.

Zwei Stunden später sind wir immer noch nicht schlauer, aber dafür noch durstiger.

Fakt ist, dass wir aus irgendeinem Grund auf einem scheinbar unbewohnten Planeten gestrandet sind!

Um genau zu sein, auf einem unbewohnten WÜSTEN-Planeten. Aber wie sind wir hierhergekommen?

Babbel und ich haben schon alle möglichen Theorien aufgestellt, was passiert sein könnte. Am wahrscheinlichsten ist, dass unser Raumschiff abgestürzt ist und wir uns wegen eines Schädel-Hirn-Traumas an nichts erinnern können.

Aber so richtig glauben können wir das auch nicht. Erstens hat Babbel keinen Schädel. Und zweitens müssten dann irgendwelche Trümmerteile zu sehen sein.

Wir sehen aber nichts. Außer Sand.

Babbel und ich hocken unterhalb der Sanddüne und hoffen, dass die Sonne bald so niedrig steht, dass wir ein wenig Schatten bekommen.

»Es gäbe noch eine Erklärung«, sage ich zögernd.

»Ich bin gespannt«, sagt Babbel mit seiner inzwischen ziemlich kratzigen Stimme.

»Die Maschine im Laderaum war so eine Art Fern-Beamer. Und der hat uns auf diesen Planeten gebeamt.«

»Quatsch. So etwas gibt es nicht. Die Versuche von langweilonischen Wissenschaftlern sind beendet worden, nachdem ein paar Testpersonen für immer im Nirwana verschwunden sind. Haben wir doch gerade erst bei dem Vortrag gehört«, erwidert Babbel.

Stimmt auch wieder, denke ich. Und trotzdem will mir keine bessere Erklärung einfallen.

»Und wenn PEGASUS eine geheime Erfindung gemacht hat? Das würde erklären, warum die Maschine so stark bewacht wurde. Und warum sie heimlich im Laderaum eines Schulraumschiffs transportiert wird.«

Babbel sieht mich entgeistert an. Er weiß so gut wie ich, dass das zwar nach totalem Blödsinn klingt und trotzdem die beste Erklärung ist, die wir haben.

»Dann soll das blöde Ding uns jetzt bitte eine riesige Flasche Coke herbeamen«, sagt Babbel.

»Und ein paar Hamburger. Ich habe nämlich Hunger«, ergänze ich.

Bleibt aber immer noch eine viel wichtigere Frage! Wer waren die Typen, die uns erst in der Maschine eingesperrt und uns anschließend auf diesen Planeten gebeamt haben? Und warum? Wollten sie uns umbringen?

Wenn es so war, dann können das nur PEGASUS-Mitarbeiter gewesen sein, die uns bestrafen wollten, weil wir ihre Geheimmaschine entdeckt haben.

27.

Babbel und ich beschließen loszumarschieren. Wir wissen zwar nicht, wohin, aber zu laufen, ist auf jeden Fall besser, als einfach hier sitzen zu bleiben.

Wir wollen nur noch warten, bis die Sonne untergeht. Erstens wird es dann kühler. Und zweitens können wir mithilfe der Sterne unsere Marschroute bestimmen.

Kurz darauf aber erleben wir die nächste böse Überraschung. Gerade als die Sonne am westlichen Horizont versinkt, steigt am östlichen Horizont eine zweite Sonne in die Höhe!

Und die ist sogar noch heißer ...

Das darf nicht wahr sein! Wir sind auf einem Tag-

Tag-Planeten gelandet. Das sind Planeten, die zwischen zwei Sonnen kreisen. Bedeutet: Es wird niemals Nacht und es wird niemals kühl ...

»Heiliger Oktopus! Unser Schicksal ist besiegelt. Wir werden als Trockenfisch enden«, stöhnt Babbel auf.

»Du vielleicht. Ich werde eher Trockenfleisch.«

»Auch nicht besser.«

»Stimmt.«

Babbel lässt sich wieder in den Sand plumpsen. Wenn Tentakeloiden heulen könnten, würde er jetzt vermutlich losflennen. So gibt er nur eine Mischung aus Stöhnen und Wimmern von sich.

Ich setze mich neben ihn und sage: »In der Hitze brauchen wir gar nicht erst loszugehen. Wir würden keinen Kilometer weit kommen, bevor wir umfallen und verdursten.«

»Wenn wir hierbleiben, fallen wir auch um und verdursten«, sagt Babbel.

Ein paar schweigsame Minuten vergehen. Dann werden wir von einem seltsamen Geräusch aufgeschreckt. Es wird lauter und scheint irgendwo unter uns zu sein. Auch der Sand um uns herum beginnt, leicht zu zittern. Allmählich entfernt sich das Geräusch wieder und die Erde beruhigt sich.

»Was war das denn, bitte schön?«, fragt Babbel verwundert.

»Hat sich angefühlt, als wäre eine U-Bahn unter uns durchgefahren«, erkläre ich.

»Aber glaubst du, dass es hier eine U-Bahn gibt?«

»Auf einem unbewohnten Planeten?! Wohl kaum.«

»Aber was war es dann?«

»Ich habe da so eine Ahnung«, sage ich zögernd.

»Ich auch. Aber ich hoffe sehr, dass wir uns irren!«

Ich hole erneut mein KosmoPhone heraus und aktiviere GalaktoPedia. Das funktioniert auch ohne Netzverbindung.

Ich gebe die Informationen ein, die wir haben: endlose Wüste, zwei Sonnen, seltsames Surren in der Tiefe.

Kurz darauf meldet sich die weibliche Computerstimme meines Phones und sagt: »Sie befinden sich mit 99-prozentiger Wahrscheinlichkeit auf dem Wüstenplaneten Silicius VI im Outer Rim. Ein Planet der Gefahrenklasse VIII.«

Babbel und ich verschlucken uns vor Schreck. Die

interplanetare Gefahrenskala reicht von I bis VIII.

I heißt: schön, gemütlich und ungefährlich.

VIII heißt: absolut tödlich!

»Warum ist der Planet so gefährlich?«, erkundige ich mich.

Die Computerstimme unterdrückt ein Lachen – jedenfalls kommt es mir so vor. Dann sagt sie: »Auf Silicius VI siedeln keine intelligenten Spezies. Der Planet ist aber bekannt für seine im Untergrund lebenden ...«

Den Rest der Ansage können wir nicht hören, weil der Boden um uns herum erneut zu zittern beginnt. Diesmal aber mit ohrenbetäubender Lautstärke.

Babbel und ich wissen längst, was das zu bedeuten hat. Wir schreien gleichzeitig los: »Raketenwürmer! Wir sind tot! Aaaaaaarrrrrgggghhhh! Nichts wie weg hier!«

28.

Raketenwürmer können Hunderte Meter lang und über fünf Meter dick werden. Sie tauchen wie U-Boote durch den Wüstensand. Ihr vorderes Ende besteht aus einem riesigen, mit messerscharfen Zähnen ausgestatteten Maul. Außerdem haben sie zwei Fühler, mit denen sie die geringsten Erschütterungen an der Oberfläche erspüren können. Sie schnellen urplötzlich aus dem Wüstensand empor und fressen alles, was sich nicht schnell genug in Sicherheit bringt.

Babbel und ich haben längst aufgehört zu schreien. Viel zu gefährlich. Wir haben auch aufgehört, uns zu bewegen – ebenfalls zu gefährlich.

Am liebsten würden wir nicht einmal atmen – zu gefährlich.

Die geringste Erschütterung könnte den Würmern verraten, wo wir sind.

Und wir wollen wirklich nicht als Wurmfutter enden!

»Was sollen wir tun?«, fragt Babbel mit Flüsterstimme.

»Wir können nichts tun.«

»Exakt. Wenn wir hierbleiben, verdursten wir.«

»Und wenn wir losrennen, werden wir gefressen.«

»Meine einzige Hoffnung ist, dass die Würmer keinen Fisch mögen«, sagt Babbel.

»Witzig. Dann willst du also zugucken, wie ich gefressen werde?«

»Nee, ich mache die Augen zu, wenn es so weit ist.«

Trotz unserer Lage müssen wir lachen.

Großer Fehler!

Im nächsten Augenblick explodiert keine drei Meter von uns entfernt der Wüstenboden. Ein gigantischer Raketenwurm mit weit aufgerissenem Maul schießt in die Höhe, fällt dann aber wieder in seinen Tunnel zurück. Zum Glück hat er uns diesmal verfehlt.

29.

Nach kurzer Beratung beschließen wir, doch die Flucht zu ergreifen. Hierbleiben und warten, bis wir gefressen werden oder vertrocknet sind, geht einfach nicht!

»Auf drei, okay?«, frage ich flüsternd.

»In Ordnung.

»Eins ... zwei ... DREI.«

Das letzte Wort schreie ich heraus. Wir rennen los, und zwar in einem chaotischen Zickzackkurs. Immer wieder schießen rechts und links von uns Raketenwürmer aus dem Boden. Ein ganzes Rudel scheint schon hinter uns her zu sein.

Es ist nur eine Frage der Zeit, bis sie uns erwischen.

Sieht so aus, als wäre das mit dem nächtlichen Ausflug in die unteren Etagen des Raumschiffs eine ganz miese Idee gewesen. Und in die geheimnisvolle Maschine zu klettern, war überhaupt die obermieseste Idee, die wir je hatten!

30.

Wir rennen weiter. Babbel tänzelt dabei auf den Spitzen seiner Saugnapfarme wie eine tentakeloidische Ballerina.

»Hey, wenn wir das hier überleben, solltest du dich als Tänzer bewerben«, rufe ich ihm zu.

»Und du dich als Comedian, du Witzbold«, antwortet er atemlos.

Plötzlich schießt direkt neben mir ein Wurm aus dem Boden. Er faucht bestialisch und ich kann tief in seinen stinkenden, roten, verschleimten, tausendzähnigen Rachen sehen.

Dann taucht das nächste Vieh keine fünf Meter vor uns auf. Und hinter uns noch einer. Und rechts und links weitere.

Die Monster haben uns eingekreist. Es ist klar, was das bedeutet. Es ist aus.

Wir haben keine Chance mehr.

Ich bleibe stehen. Babbel genauso. Wir hecheln beide. Wir sind am Ende.

Babbel sieht mich an und salutiert mit seinem Tentakel. Mit tapferer Stimme sagt er: »Henry Vegas, ich habe mich gefreut, dich kennengelernt zu haben. Immerhin sterbe ich mit dem Gefühl, im Leben einen echten Freund gehabt zu haben.«

»Babbelusius Sepiamis, mir geht es genauso. Ich werde dir vom Humanoidenhimmel eine Postkarte in den Paradiesozean der Fische und Fischartigen schicken. Immerhin hatten wir echt viel Spaß zusammen, Kumpel!«

»Ja, das hatten wir.«

In diesem Augenblick schießen gleich zehn Würmer in einem Kreis um uns herum aus dem Boden. Sie geben ein ohrenbetäubendes Fauchen von sich.

Darum überhören wir beinahe die leise Stimme, die direkt über unseren Köpfen erklingt. Sie sagt: »Hey, Jungs, wenn ich ihr wäre, würde ich die Strickleiter nehmen und ganz schnell hochklettern. Sonst kriegen sie euch.«

Erst jetzt merken wir, dass über unseren Köpfen ein AirFloß schwebt, von dem eine alte, zerfledderte Strickleiter baumelt.

31.

Willkommen an Bord. Mein Name ist Dermatophyto Zehnagel. Aber ihr könnt einfach Mister Fußpilz zu mir sagen.«

Der Captain des AirFloßes steht am Heck vor einem fast antiken Steuerruder, mit dem er das Gefährt navigiert. Am auffälligsten an ihm ist, dass er so dreckig ist wie ein kloakischer Kackosaurier. Ich bin mir darum auch nicht sicher, ob er ein Humanoide ist oder einer anderen Spezies angehört. Sein Haar und sein Vollbart sind lang und verfilzt. Käfer, Würmer und Spinnen krabbeln darin herum. Mr Fußpilz' Kleider haben eine braunschwarze Farbe und sind voller Flecken und Krusten. Er trägt Shorts, sodass man seine Beine sehen kann. Sie sind von Flechten und Pilzen überwuchert.

»Henry Vegas«, stelle ich mich vor.

»Babbelusius Sepiamis, genannt Babbel.«

»Ihr seht aus, als könntet ihr einen Schluck Wasser vertragen. Da vorne ist der Tank. Bedient euch.«

Das lassen wir uns nicht zweimal sagen. Wir stolpern über das AirFloß, legen uns unter den Wasserhahn und lassen den Strahl direkt in unsere ausgetrockneten Münder fließen.

Mann, tut das gut! Ich spüre förmlich, wie das Leben in meinen Körper zurückkehrt.

Bei Babbel ist es genauso. Sein Körper hatte eine bedrohliche rotgelbe Färbung angenommen. Jetzt aber schimmert sie wieder in dem üblichen, gesunden Rosa.

Nachdem wir den ersten Durst gestillt haben, sehen wir uns ein bisschen um. Das Floß hat eine Fläche von vielleicht zehn mal zehn Metern. Es wird von vier altmodischen Rotoren in der Luft gehalten, die an den vier Ecken befestigt sind. Die Unordnung erinnert mich an mein Zimmer zu Hause auf Terra VII. Man kann gar nicht so richtig erkennen, was hier alles herum-

liegt: Decken, Werkzeug, alte Motoren, ein Grill, ein Zelt, Bücher, alte Kosmo-Phones, Energiewandler, ein Mixer, Laserguns, ein Schachspiel, Schweberucksäcke, Taschen-Motorsägen und noch tausend andere Sachen.

Mr Fußpilz lächelt uns freundlich zu. Eine Made klettert aus seinem Bart auf seine Lippen. Er öffnet den Mund, saugt die Made ein, zerbeißt sie, schmatzt ein wenig und sagt dann: »Mmmh, lecker. Ich liebe Maden.«

Mir wird schlecht. Vielleicht sollte ich den Raketenwürmern einen Gefallen tun und über die Reling kotzen. Sie würden den Schwall bestimmt liebend gerne verspeisen.

Plötzlich stößt unser AirFloß-Kapitän ein hohes Lachen aus. Er zwinkert uns zu und sagt: »Ihr findet mich ekelig, stimmt's? Das ist gut. Sehr gut sogar. Hihihi.«

»Schön, dass Ihnen Ihr Look gefällt, Mr Fußpilz«, erkläre ich.

»Jedes Lebewesen hat seine eigene Überlebenstechnik. Meine besteht darin, möglichst widerwärtig zu erscheinen. Dann trauen sich kein Mörder, kein Raubtier und auch sonst niemand in meine Nähe. Hihihi.«

»Und die Raketenwürmer?«

Er winkt ab. »Die fressen alles. Aber dazu müssten sie mich erst einmal kriegen.«

»Leben Sie denn hier auf Silicius VI?«

»Klar. Schon seit dreißig Jahren. Oder seit vierzig? Habe aufgehört zu zählen. Hihihi.«

»Aber warum? Ist es nicht viel zu gefährlich hier?«

»Nicht, wenn man vorsichtig ist. Außerdem gefällt es mir hier. Tag und Nacht scheint die Sonne. Was will man mehr?«

Wir nähern uns langsam den Bergen am Horizont. Mr Fußpilz erklärt uns, dass dort keine Gefahr durch die Raketenwürmer besteht. Er habe dort ein Haus und ein paar Felder, auf denen er Gemüse anbaue. Außerdem gäbe es Wasser im Überfluss. Es würde uns bestimmt gefallen.

Babbel und ich wechseln verunsicherte Blicke. Passiert das alles hier wirklich? Wie kann man so viel Glück und Unglück gleichzeitig haben? Und vor allem, wie sollen wir jemals wieder nach Hause finden?

32.

Am Abend – was auf Silicius VI ja gleichzeitig der Morgen ist – wissen wir, dass Mr Fußpilz nicht übertrieben hat. Mitten im Gebirge hat er sich ein kleines Paradies geschaffen. Er wohnt in einem gemütlichen Blockhaus, das inmitten eines riesigen Gartens liegt. Dort wachsen alle möglichen Gemüsesorten, Obst und Blumen. Ganz in der Nähe ist ein großer, blaugrün schimmernder See.

»Ihr könnt ruhig reinspringen und schwimmen, Jungs. Gebt nur ein wenig acht. Wenn ihr einen Riesenbarracuda, eine Wasserhornisse, einen Süßwassershark, eine Predatorkröte oder einen Giftmanta seht, solltet ihr wieder rauskommen. Hihihi.«

»Hihihi«, macht Babbel Mr Fußpilz nach. Er ist wütend, weil ihm unser Retter mit seinem seltsamen Kichern auf die Nerven geht. Genau wie mir.

Trotzdem werfe ich Babbel einen warnenden Blick zu. Wir wollen es uns schließlich nicht mit unserem Gastgeber verderben. Er hat uns das Leben gerettet.

»Gehen wir lieber schwimmen«, sage ich.

»Du hast recht«, sagt Babbel. Er nimmt Anlauf und springt in einem hohen Bogen ins Wasser.

Ich folge seinem Beispiel. Die ganzen Wassermonster sind mir total egal. Es gibt einfach nichts Besseres als ein kühles Bad an einem so heißen, sonnigen Abend-Morgen.

33.

Nach dem Schwimmen sitzen wir in Mr Fußpilz' Garten an einem großen Holztisch. Er serviert uns einen Eins-a-Gemüseeintopf und dazu prickelnde Limonade, die er aus selbst gezüchteten Bambrinen hergestellt hat.

»Jetzt erzählt mir erst einmal, wie ihr eigentlich hierhergekommen seid, Jungs. Habe nämlich gar keine Raumschifflandung registriert«, fordert er uns auf.

»Das würden wir Ihnen gerne sagen. Leider wissen wir es selbst nicht so genau«, erkläre ich.

»Hihihi. Das kenne ich. Wenn ich zu viel von meinem selbst gezüchteten Traumstrauchblättern rauche, erinnere ich mich auch an nichts.«

»Nein, nein«, sagt Babbel kopfschüttelnd. »Wir wissen es wirklich nicht. Oder besser gesagt, wir können es uns nicht erklären.«

Dann erzählen wir Mr F – so nennen wir ihn der Einfachheit halber – von unserem Schulausflug, von der mysteriösen Maschine und von dem Moment, als wir mitten in der Wüste aufgewacht sind.

»Und wie gedenkt ihr, wieder nach Hause zu kommen? Nach Terra VII ist es ziemlich weit. So ungefähr zweihundert Millionen Lichtjahre. Hihihi.«

Babbel und ich zucken mit den Schultern. Dann sage ich: »Schätze mal, wir brauchten ein Raumschiff. Haben Sie zufällig eins?«

»Ich? Ein Raumschiff? Nein, so etwas habe ich nicht.«

»Aber wie sind Sie denn dann hierhergekommen?«

»Ich? Per Anhalter. Aber das ist wie gesagt schon ziemlich lange her.«

»Haben Sie wenigstens StarFunk? Oder einen KosmoNet-Anschluss? Dann könnten wir unseren Eltern Bescheid sagen, wo wir stecken«, erkundigt Babbel sich.

»Nein, so etwas habe ich auch nicht. Ich will meine Ruhe haben.«

Babbel und ich lassen die Köpfe hängen. Sieht nicht so aus, als würden wir von diesem Planeten wieder wegkommen.

Mr F fischt sich einen Tausendfüßler aus dem Bart und zerbeißt ihn knackend.

»Mir fällt ein, dass es doch jemanden hier auf Silicius gibt, der euch helfen könnte.«

»Echt? Dann gibt es noch mehr Siedler auf dem Planeten? GalaktoPedia meinte nämlich, der Planet sei unbewohnt«, sage ich verblüfft.

»GalaktoPedia weiß eben nicht alles. Hihihi.«

»Aber das ist doch super. Wann können wir denn zu den anderen Leuten fahren und sie fragen, ob sie uns helfen?«, fragt Babbel voller Begeisterung.

»Freut euch nicht zu früh. Derjenige, um den es geht, ist nicht unbedingt für seine Gastfreundschaft bekannt.«

»Wieso? Wer ist es denn?«

Mr Fs Gesicht nimmt einen seltsamen Ausdruck an. »Wisst ihr zufällig, wer Warzoweck Wurstowempel ist? Der Warzianer?«

Babbel und ich wechseln einen erschrockenen Blick. Vermutlich denken wir gerade dasselbe: Wie schade, dass wir nicht von den Raketenwürmern gefressen worden sind!

Denn ganz ehrlich, alles ist besser, als mit Warzoweck Wurstowempel auf demselben Planeten zu sein.

34.

Jeder, wirklich jeder im bekannten Universum weiß, wer Warzoweck Wurstowempel ist: der gefürchtetste Pirat im ganzen Kosmos. Er ist rücksichtslos, brutal, gerissen und gierig. Er verdient sein Geld mit Schmuggel, Entführungen, Auftragsmorden und Bankgeschäften.

Wenn Eltern ihre kleinen Kinder erschrecken wollen, erzählen sie ihnen Horrorgeschichten von Warzoweck.

Wopp, die Warze, so lautet sein Spitzname, oder einfach nur Captain Wopp. Er ist bekannt dafür, dass er bei seinen Gefangenen niemals Gnade walten lässt. Einmal von Captain Wopp gefangen, kommt man nie wieder frei.

Seit Jahren wird er von KosmoPol, der interstellaren Polizeiorganisation, und einer ganzen Armee von Privatdetektiven gejagt. Aber noch niemandem ist es gelungen, sein Versteck aufzuspüren.

Scheint so, als hätte sich das mit diesem Tag geändert. Wir, also Babbel und ich, wissen nun, wo Wopp und seine Piratenarmee stecken.

Leider hat Mr F total recht, als er meinte, wir sollten uns lieber nicht zu früh freuen.

Es ist nicht sehr wahrscheinlich, dass Captain Wopp uns helfen wird oder nach Hause fliegen lässt. Schließlich könnten wir dann verraten, wo er sich versteckt hält.

Wahrscheinlicher ist es, dass er uns vierteilt und anschließend seinen warzyrischen Riesenkrokodilen zum Fraß vorwirft.

»Weiß Wopp denn, dass Sie hier auf Silicius leben?«, erkundige ich mich bei Mr F.

»Oh ja, natürlich.«

»Und er lässt Sie trotzdem am Leben?«

»Ich bin ihm vermutlich zu ekelig, um mich umzubringen. Hihihi.«

»Toller Witz«, sagt Babbel mit düsterer Stimme.

Mr F gibt sich einen Ruck. »Die Wahrheit ist die: Ich baue in meinem Garten Erdbeergurken an. Die liebt Wopp über alles. Einmal im Monat fliege ich zu ihm rüber und bringe ihm einen Teil der Ernte. Dafür lässt er mich in Ruhe. Außerdem weiß er, dass ich kein StarFunk-Gerät habe und ihn sowieso nicht verraten kann.«

»Könnten Sie ihn nicht fragen, ob er Ihnen ein Raumschiff leiht? Sie müssten uns ja gar nicht erwähnen. Aber Ihnen vertraut er vielleicht«, schlägt Babbel vor und zum ersten Mal schwingt ein wenig Hoffnung in seiner Stimme mit.

Auch ich finde Babbels Idee super.

Mr F pflückt sich eine Raupe aus dem Bart, schluckt sie runter und sagt: »Das ist keine gute Idee. Wopp würde garantiert sofort misstrauisch, und anstatt mir ein Raumschiff zu geben, würde er mich in Ketten legen.«

Babbels Gesichtsausdruck wird wieder finster. »Mit anderen Worten, wir haben keine Chance, von diesem Planeten wegzukommen.«

»Man hat immer eine Chance!«, rufe ich wütend aus.

Mr F lacht. »Dein Optimismus ehrt dich, Henry Vegas. Aber ich befürchte, dass Babbelusius recht hat. Ihr kommt hier nicht weg.«

»Und was sollen wir dann tun?«, frage ich entgeistert.

»Gar nichts.«

»Gar nichts?!«

Mr Fs Augen beginnen zu leuchten. »Glaubt mir, Jungs. Es gibt nichts Schöneres, als gar nichts zu tun. Am Morgen-Abend aufstehen und bis zum Abend-Morgen faulenzen! Herrlich! Aber es ist nicht einfach. Es dauert viele Jahre, bis man das Nichtstun beherrscht. Ab und zu ein Pfeifchen mit Traumstrauch-Blättern hilft einem dabei. Hihihi.«

Babbel steht vom Tisch auf und geht mit schleppenden Schritten zum See hinunter, wo er am Ufer stehen bleibt.

Am liebsten würde ich hinter ihm herlaufen und ihn aufmuntern. Aber was könnte ich ihm schon sagen? Er hat schließlich recht. Unsere Lage ist aussichtslos.

35.

Wenn die Menschheit eines in den zurückliegenden Jahrtausenden gelernt hat, dann dies hier: Die Lage ist niemals aussichtslos und es gibt immer einen Ausweg.

Das Universum ist viel zu unvorhersehbar, als dass es nicht für jedes Problem am Ende irgendeine Lösung gäbe.

Man darf nur nicht zu früh aufgeben.

Eine Woche lang hocken Babbel und ich jeden Tag am Seeufer und gehen alle Möglichkeiten durch, die uns einfallen.

Ich gebe zu, dass es nicht besonders viele sind. Aber am Ende haben wir doch so etwas wie einen Plan.

In drei Tagen wird Mr Fußpilz wieder ins Südgebirge fliegen und Captain Wopp eine Ration Erdbeergurken liefern. Wir werden mit auf dem AirFloß sein, aber gut versteckt. Sind wir einmal im Inneren des Piratenverstecks, müssen wir nur noch den geheimen Raumhafen finden. Von dem hat Mr F uns erzählt. Täglich starten und landen dort etliche Raumschiffe, schließlich unterhält Captain Wopp ein galaxienumspannendes Netzwerk aus Piratenaktivitäten. Wir werden uns an Bord eines Raumschiffes schleichen, uns wieder verstecken – und fliegen so nach Hause zurück. Oder zumindest schon mal zu einem bewohnten Planeten.

Eigentlich ein ziemlich guter Plan. Mit dem einzigen Nachteil, dass wir dabei draufgehen könnten.

Aber was soll's. Die andere Möglichkeit wäre, den Rest unseres Lebens auf Silicius VI zu verbringen. Das kommt erst recht nicht infrage.

Wir weihen Mr F in unseren Plan ein. Der hört sich alles an und sagt: »Ein ziemlich guter Plan, Jungs, nur dass ihr dabei draufgehen könntet.«

»Das wissen wir«, erkläre ich trotzig.

»Trotzdem wollt ihr es tun?«, fragt er.

»Auf jeden Fall«, sagt Babbel.

»Ihr seid mutige Jungs. Darum werde ich euch helfen«, erklärt Mr F lächelnd.

36.

Drei Tage später ist es so weit. Wir besteigen das Air-Floß und tuckern mit Mr F gemächlich in Richtung Südgebirge.

Die Fahrt dauert fast den ganzen Tag. Wir schweben über die endlose kochende Wüste, die wie ein Ozean zwischen den Gebirgen liegt. Gelegentlich sehen wir einen Raketenwurm, der aus dem Sand schießt und versucht, nach dem Floß zu schnappen. Aber zum Glück fliegen wir zu hoch, sodass die Bestien uns nicht erwischen können.

Mr F erklärt uns, wie wir uns in Wopps Bau zurechtfinden. Die Piraten haben im Laufe der Jahre ein riesiges Höhlensystem ins Gebirge gegraben und halten sich dort versteckt. Die Höhlen bilden ein Labyrinth, in dessen Mitte ein erloschener Vulkankrater ist. Dort befindet sich auch der Landeplatz für Wopps Raumschiffe.

»Die Sache ist also ganz einfach, Jungs. Ihr müsst euch unentdeckt durch das Labyrinth schlagen, zum Raumhafen gelangen und euch auf ein Schiff schmuggeln. Ich denke, ihr schafft das«, muntert Mr Fußpilz uns auf.

»Möge der heilige Oktopus uns beistehen«, sagt Babbel.

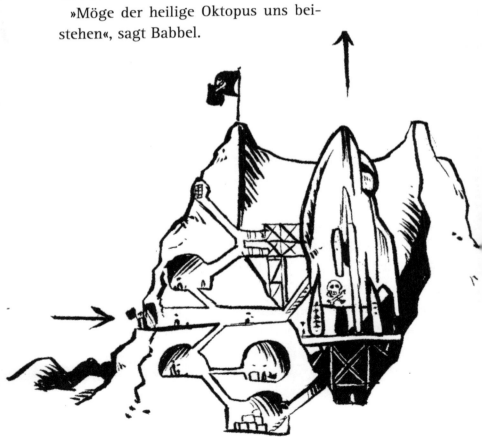

»Hoffentlich kümmert der sich auch um Humanoide«, stöhne ich.

Babbel grinst. »Mach dir keine Sorgen, Henry. Nicht jeder hat das Glück, ein Tentakeloide zu sein. Aber der Heilige kümmert sich auch um so arme Kreaturen wie dich, die nur zwei Arme und zwei Beine haben.«

Unser einziger Trost besteht darin, dass wir seit Jahren regelmäßige Besucher des GameDungeon sind. Dort haben wir uns schon stundenlange Feuergefechte mit fiesen Avataren und Droiden geliefert und dabei so manche aussichtslose Schlacht gewonnen.

St. Oktopus

Mit anderen Worten: Wir können schießen und wir können kämpfen. So schnell macht uns also kein Pirat etwas vor!

37.

Als wir uns dem südlichen Gebirge nähern, gehen Babbel und ich auf Tauchstation. Wir kriechen unter eine alte, total verdreckte Zeltplane am Rand des Floßes. Mr F schüttet allerlei Müll auf uns drauf. Es stinkt erbärmlich. Außerdem krabbelt jede Menge Ungeziefer in unsere Klamotten.

Aber immerhin wird so kein Pirat auf die Idee kommen, das Floß allzu gründlich zu durchsuchen.

Durch einen Spalt unter der Plane sehen wir, wie Mr F das Floß direkt auf eine Felswand zusteuert. Was soll das?! Noch ein paar Meter und es wird krachen.

Im letzten Augenblick aber gleitet ein getarntes Schott nach oben und gibt den Weg in einen großen Hangar frei. Das AirFloß schwebt langsam in die Felswand hinein und sofort gleitet das Schott wieder zu.

Es dauert eine Weile, bis sich unsere Augen an das Zwielicht im Inneren des Berges gewöhnt haben. Dann erkennen wir, dass wir in einer riesigen, unterirdischen Halle sind. Jede Menge Gleiter und anderes Equipment stehen herum. Piraten, teilweise in Lumpen, teilweise in farbenprächtigen Uniformen, schreien Befehle. Ein prektoischer Algenzwerg winkt das Floß mit seinen Leuchtfühlern zu seiner Parkposition.

Dann tritt ein bewaffneter Pythonier an unser Gefährt heran. Er ist an die zwei Meter groß, hat einen muskulösen Körper und den Kopf einer Schlange. Seine Zunge zischelt aus seinem Mund und scheint Witterung aufzunehmen.

»Dermatophyto Zehnagel. Deine stinkende Anwesenheit ist wie immer eine Beleidigung für meine Sinne. Was willst du hier?«, fragt der Pythonier mit seiner hohen Stimme, die uns in den Ohren wehtut.

»Was schon?! Ich bringe Wopp seine Ration Erdbeergurken. Ohne die kann die alte Warze ja nicht leben.«

»Hüte deine Zunge, Fußpilz.«

»Das musst du gerade sagen, Schlangenkopf.«

Der Pythonier mustert das Floß und zischelt ein paar Mal mit der Zunge. »Bist du alleine gekommen?«

»Was denkst du denn? Glaubst du, ich habe einen Raketenwurm auf meinem Floß versteckt?«

Der Pythonier kneift die Augen zusammen. Er ist misstrauisch. Dann winkt er ab. »Vergiss es. Du kannst mit deiner Ware zum Captain gehen. Aber sei vorsichtig, er hat heute gar keine gute Laune.«

»Dann ist ja alles wie immer«, sagt Mr F, nimmt den Korb mit den Gurken und springt vom Floß.

Bevor er davongeht, wirft er dem Pythonier ein Beutelchen Traumstrauchblätter zu. Der Schlangenkopf freut sich über das Geschenk und zieht sich dreckig lachend in eine Ecke des Hangars zurück.

Jetzt sind wir allein und unbeobachtet.

38.

Wir warten ein paar Minuten, erst dann kriechen wir aus unserem Versteck.

In dem Hangar halten sich bestimmt zwanzig oder dreißig Piraten auf. Einige arbeiten, tragen Kisten herum, reparieren Gleiter oder putzen ihre Laserwaffen. Andere hocken in der Ecke um mehrere Lagerfeuer, trinken quastylonischen Donnerschnaps oder rauchen Traumstrauchpfeifen. Der Qualm der Pfeifen und der Lagerfeuer erfüllt den ganzen Hangar und macht das Atmen schwer.

Niemand beachtet das AirFloß.

Babbel und ich springen über Bord und landen auf dem felsigen Untergrund. Im raucherfüllten Dämmerlicht ist es nicht einfach, etwas zu erkennen. Schließlich entdecken wir einen höhlenartigen Gang, der gute fünfzig Meter vom Floß entfernt ist.

Babbel hat inzwischen die Farbe seines Körpers in ein dunkles Braun verwandelt, das ihn im Dämmerlicht gut tarnt. Ich beneide ihn um diese Fähigkeit. Sie ist immer wieder nützlich. Auf Schulpartys lässt Babbel oft die Enden seiner Tentakel in kräftigen Rot- und Grüntönen zum Takt der Musik pulsieren. Die Mädchen stehen total drauf.

Ich muss mit einer verdreckten Decke von Mr F als Tarnung vorliebnehmen. Ich lege sie mir um die Schultern und verschmelze einigermaßen mit der Dunkelheit.

Wir huschen durch den Hangar und erreichen wohlbehalten den Gang. Er hat einen Durchmesser von vielleicht drei Metern und ist stockdunkel. Wir folgen ihm bis zur nächsten Abzweigung. Von rechts hören wir Stimmen. Darum wenden wir uns nach links. Schon nach wenigen Metern stoßen wir auf die nächste Kreuzung. Diesmal stehen uns sogar vier Gänge zur Auswahl.

Ich blicke Babbel fragend an. »Hast du eine Ahnung, wo wir langmüssen?«

»Nee, keine Ahnung, Henry.«

»Ich auch nicht.«

»Wohin also?«

Ratlos blicken wir in die vier Gänge. Es kommt uns vor wie beim KosmoLotto – reine Glückssache. Ohne groß nachzudenken, entscheiden wir uns für einen Gang und gehen weiter.

39.

Eigentlich ist es ein Wunder, dass Captain Wopp nicht längst verhaftet worden ist. KosmoPol müsste einfach nur dem Geruch folgen und schon hätten sie den Warzianer und seine Bande aufgestöbert. Je tiefer wir in das unterirdische Versteck vordringen, desto bestialischer wird der Gestank, der uns umgibt. Es riecht nach Feuer, nach Essen, nach Müll, nach Alkohol. Und nach dem Mist von dragynischen Geierschweinen, die in großen Rudeln durch die Gänge streifen und alles fressen, was nicht niet- und nagelfest ist.

Inzwischen sind wir mehrere Stunden unterwegs, ohne entdeckt worden zu sein, aber auch ohne unser Ziel gefunden zu haben.

Wenn wir ehrlich sind, haben wir uns total verlaufen.

Das liegt unter anderem daran, dass sich das Piratenversteck über unzählige Ebenen erstreckt und einer gigantischen unterirdischen Stadt gleicht.

Zur Bande von Captain Wopp gehören anscheinend Tausende von Mitgliedern. Pythonier, Staffordier, Humanoide, Dragyner, Plantanier, Tentakeloiden, Arachnoiden, Wurmier, Mangusen. Er hat von allen Spezies die brutalsten und verkommensten um sich geschart. Sie hausen in den Gängen, Höhlen und Hallen, wo sie

sich die Zeit mit Kartenspielen, Trinken und Raufen vertreiben.

Immerhin schützt uns das wuselige Durcheinander davor, entdeckt zu werden. Eigentlich müssen wir uns nämlich gar nicht verstecken. Es interessiert sich sowieso niemand für uns.

Darum bewegen wir uns inzwischen ganz offen durch das Labyrinth. Sollte uns doch jemand aufhalten, würden wir einfach behaupten, ebenfalls Piraten zu sein.

Kurz darauf stoßen wir auf eine riesige unterirdische Halle, in der es zugeht wie auf einem Rummelplatz. Es gibt Kneipen und Geschäfte, Tankstellen für Indoorgleiter, Imbissbuden und Verkaufsstände. Hunderte von

Piraten treiben sich herum, kaufen ein, reden oder gehen ihren zwielichtigen Geschäften nach.

Die meisten von ihnen sind übrigens betrunken.

Gerade als wir die große Halle verlassen wollen, versperrt uns plötzlich ein groß gewachsener Manguse den Weg. Er spuckt auf den Boden und fragt: »Wohin so eilig, meine Herren? Kann es sein, dass ich euch hier noch nie gesehen habe?«

Der Manguse ist nicht viel älter als wir. Aber er ist bewaffnet und offenbar auf Streit aus. Während er uns mit zweien seiner Hände bedroht, reibt er sich die anderen zwei schadenfroh.

Ich gebe mich trotzig und sage: »Liegt vielleicht daran, dass du blind bist, du Zottelaffe. Wir sind seid Jahren hier im Bau.«

»Soso, seit Jahren also ...«, grinst der Manguse. »Und wohin seid ihr so eilig unterwegs?«

»Das geht dich einen Scheiß an. Lass uns vorbei, sonst kriegst du Ärger«, sagt Babbel, der denselben

Plan verfolgt wie ich. Die beste Tarnung ist, sich genauso brutal und selbstbewusst zu verhalten wie die anderen Piraten.

Der Manguse lacht, was wie das Meckern einer Ziege klingt. »Oho, ihr zwei Witzfiguren droht mir? Das ist aber süß!«

Er zückt einen trukanischen Krummdolch und fuchtelt uns damit vor den Gesichtern herum. Keine Frage, der Typ kann mit der Waffe umgehen.

Babbels Körper nimmt eine blaulila Färbung an. Das passiert, wenn Tentakeloiden Angst haben. Mit tapferer Stimme sagt er: »Wir müssen in Wopps Auftrag etwas zum Raumhafen bringen. Wenn du schlau bist, zeigst du uns den Weg. Wenn nicht, erzählen wir dem Captain später, dass du uns aufgehalten hast. Wird ihm gar nicht gefallen ...«

»Allerdings. Dann hast du ein echtes Problem«, füge ich hinzu.

Für einen Moment zuckt der Manguse zusammen. Er mustert uns noch einmal, nickt dann und sagt: »Kein Problem, Leute. Wenn ihr in Wopps Auftrag handelt, helfe ich euch natürlich. Ich heiße übrigens Unsra Charliti. Folgt mir. Ich zeige euch den Weg.«

Ich nicke Babbel beeindruckt zu. Seine Idee ist genial. Auf die Art haben wir mal eben einen Guide gewonnen, der uns direkt zu unserem Ziel bringt.

Mit einem Lächeln im Gesicht folge ich Babbel und dem Mangusen, der mit schnellen Schritten in den nächsten dunklen Gang gelaufen ist.

40.

Unsra, der Manguse, führt uns kreuz und quer durch das Piratenlabyrinth. Es geht hoch und wieder runter, geradeaus und im Kreis herum. Auch wenn wir vorher schon nicht so richtig wussten, wo wir sind, jetzt haben wir jedenfalls endgültig die Orientierung verloren.

Als wir den Mangusen fragen, ob er den Weg auch wirklich kennt, lacht er wieder ziegenmäßig. »Macht euch keine Sorgen, Jungs. Ich kenne mich hier aus wie in meiner Westentasche. Wir sind gleich da.«

»Der Captain wird es dir danken«, sagt Babbel.

Der Manguse wirft uns einen amüsierten Blick zu.

»Da bin ich mir ganz sicher.«

Wir biegen um eine weitere Ecke und finden uns in einer großen stockdunklen Halle wieder.

Plötzlich streckt Unsra seine vier kräftigen Mangusenarme aus und packt Babbel und mich am Kragen. Dann sagt er mit lauter Stimme: »Du kannst jetzt das Licht anmachen, Captain Wopp. Ich habe die beiden Eindringlinge gefangen genommen.«

Plötzlich flammen helle Strahler auf und tauchen uns in ein gleißendes Licht. Für ein paar Sekunden sind wir geblendet und können nichts erkennen.

Dann aber ist klar, wo wir sind: in der Residenzhalle von Warzoweck Wurstowempel, dem Piratenanführer.

Auf den Anblick des Piratenbosses kann man echt verzichten. Warzianer gehören nicht gerade zu den hübschesten aller Spezies. Eher das Gegenteil ist der Fall. Ihr fast drei Meter breiter Körper sieht halt aus wie eine Warze. Darüber thront ein kleines Gesicht und am unteren Ende ist eine ganze Reihe kleiner Beinchen.

Captain Wopp sitzt keine zehn Meter von uns entfernt auf einer Art Thron, von dem er seine Beinchen herabbaumeln lässt. Er mustert uns mit seinen Stielaugen neugierig. »Ein Mensch und ein Tentakeloide ... und beide noch so jung. Da werden sich meine warzyrischen Riesenkrokodile aber freuen. Ihr seht nach einem leckeren kleinen Kroko-Imbiss aus.«

Unsra Charliti verbeugt sich vor Wopp und sagt: »Ich

habe sofort gemerkt, dass die beiden Spione sind. Darum habe ich sie hergebracht. Wie sieht es mit einer Belohnung aus, Wopp?«

Die Riesenwarze lacht dröhnend. Es klingt wie eine Mischung aus Husten und Röcheln. Dann sagt der Captain mit seiner erstaunlich hohen, quäkenden Stimme: »Belohnung? Ja, die kriegst du, Unsra. Sie besteht darin, dass ich dich nicht auch an die Krokos verfüttere. Und jetzt verschwinde, bevor ich es mir anders überlege.« Ein paar andere Piraten sitzen direkt neben Wopp, vermutlich seine Berater. Jetzt lachen sie schadenfroh und bewerfen Unsra Charliti mit Essensresten.

Obwohl der Manguse uns verraten hat, tut er mir jetzt fast leid.

Einer der Berater steht auf. Es ist ein Pythonier im wallenden Umhang eines Generals. Er steigt vom Podium herab und tritt vor Babbel und mich.

Seine gespaltene Zunge zischelt vor und zurück. »Wer seid ihr? Und wie kommt ihr hierher? Ich rate euch, schnell und ehrlich zu antworten. Sonst wird es euch schlecht ergehen. Mein Name ist Morelius und ich bin für meine Härte bekannt.«

Babbel sieht inzwischen aus wie ein lilablaues Handtuch. Er schluckt und sagt leise: »Wieso sollten wir dir antworten, du blöde Klapperschlange? Wir werden doch sowieso an die warzyrischen Riesenkrokodile verfüttert.«

Obwohl wir bis zum Hals in Schwierigkeiten stecken, muss ich lachen. Babbels Mut beeindruckt mich. Und stachelt mich an, es auch zu probieren. »Sie sollten sich unbedingt ein Zungenpiercing machen lassen, General. Würde beim Zischeln gut aussehen«, füge ich deshalb hinzu.

Die Miene des Schlangenkopfes verfinstert sich. »Ihr wollt also nicht reden? Gut, aber glaubt mir, ihr werdet es bereuen.«

Es ist Zeit, ernst zu werden, denke ich und wende mich wieder an Warzen-Wopp. Mit einem Räuspern sage ich: »Wir sind keine Spione, Captain. Wir sind durch Zufall hier auf Silicius gelandet und möchten nach Hause zurück. Nur darum sind wir zu Ihnen gekommen, um Sie untertänigst um ein Raumschiff zu bitten.«

Warzoweck Wurstowempel lacht dröhnend, wobei sein ganzer Körper zittert wie ein Wackelpudding. Oder besser gesagt: wie ein Warzenpudding. »Nach Hause wollt ihr? Nun, das wird nicht so einfach. Und vor allem wird es teuer ...«

»Wir haben aber kein Geld«, sagt Babbel.

»Ihr nicht, aber vielleicht ja eure Eltern. Ich bin nämlich zufällig im Lösegeldbusiness tätig. Sicherlich lassen sich mit euch ein paar Galaktos verdienen. Morelius, sperr sie in den Kerker, bis sie bereit sind, uns zu sagen, wer sie wirklich sind. Und jetzt weg mit ihnen. Ich möchte mich amüsieren.«

Der Pythonier winkt zwei uniformierte Staffordier heran, die Babbel und mich packen und unsanft aus der Halle schleifen.

41.

Die Staffordier bringen uns zu einem Gravoschacht, in dem wir weit hinab in die Tiefe schweben. Der Gestank nach Fäulnis wird immer schlimmer. Außerdem ist es hier unten im Berg unerträglich heiß.

Offenbar entsorgt Wopp hier unten alles, was er nicht gebrauchen kann: Leichen, Gefangene und Müll aller Art.

Während Babbel und ich total frustriert sind, haben die beiden Staffordier richtig gute Laune. Der eine sagt: »Wir könnten den Humanoiden in eine Wanne mit Piranhaschaben werfen, die ihm die Zehennägel abknabbern. Was meinst du?«

»Super Idee. Das erinnert mich an die 658987. Staffel vom Dschungelcamp. Du weißt schon, die, wo der wiedererschaffene Klon von Wobby Rilliams in das Becken mit den Riesenkakerlaken tauchen musste.«

»Und diese Sängerin, Mighty Citrus oder wie sie hieß, musste den wadrylonischen Riesenskorpion küssen.«

»Ja, das arme Tier.«

»Der Skorpion hat sie gestochen und besitzt seitdem einen eigenen Fanclub.«

Die beiden Staffordier lachen, bis ihnen die Tränen kommen.

Dann werden sie wieder ernst und der eine sagt: »Für den blöden Tintenfisch habe ich auch schon eine Idee.«

»Lass hören.«

»Wir verknoten ihm die Tentakel und dann gucken wir dabei zu, wie er damit fertig wird.«

»Haha. Super Idee. Das wird lustig.«

Babbel und ich haben plötzlich einen Kloß von der Größe eines Asteroiden im Hals. Wenn nicht schleunigst ein Wunder passiert, endet das hier ganz böse.

42.

Staffordier sind zum Glück unglaublich faul. Unsere beiden Wächter stoßen uns erst mal nur in ein Verließ, das mit altmodischen Gitterstäben versehen ist. Dann sagt der eine: »Kümmre du dich um die Gefangenen. Ich bin zu müde.«

Der andere schnaubt. »Wieso immer ich? Ich bin auch schlapp und hab keine Lust.«

Der erste Staffordier grunzt seltsam. Dann sagt er: »Auf ein paar Stunden kommt es auch nicht an ... Also komm, gehen wir erst mal pennen.«

Sie verschließen die Gittertür unseres Verlieses mit einem halb verrosteten Schlüssel. Dann verziehen sie sich und lassen uns in der Dunkelheit zurück. Nicht dass wir uns jetzt wirklich besser fühlen würden. Aber immerhin haben wir einen kleinen Aufschub erhalten, bevor sie ihre brutalen Spielchen mit uns anfangen.

43.

Nachdem sich unsere Augen an die Dunkelheit gewöhnt haben, erkunden wir erst einmal unsere Zelle.
 Sie ist vielleicht fünf mal fünf Meter groß und endet in einer stockdunklen Nische, die wir nicht weiter untersuchen. Es ist einfach zu ekelig. Überall an den Wänden, der Decke und dem Boden raschelt und zischelt es. Die Zelle ist verseucht mit andromischen Stachelasseln (giftig), centaurischen Felsspinnen (sehr giftig) und vubrilonischen Millionenfüßlern (supergiftig).
 Babbel und ich retten uns auf die beiden schmalen Metallpritschen und ziehen die Füße hoch. Eine ganze Weile sagen wir nichts. Worüber sollten wir auch reden? Darüber, wie hoffnungslos unsere Lage ist?

44.

Nach einigen Stunden brütenden Schweigens erwacht endlich mein Optimismus. Ich schnippe mit den Fingern und sage: »Wir brauchen einen Plan, Babbel!«
»Ich weiß. Aber ich habe keinen.«
»Dann müssen wir uns etwas überlegen.«
»Klar. Wir könnten zum Beispiel zum heiligen Oktopus beten und uns wünschen, dass er uns Superkräfte verleiht. Dann brechen wir einfach aus.«
Ich kann Babbel verstehen. Er ist verzweifelt. Genau wie ich.
Aber aufgeben ist keine Lösung! Irgendeine Möglichkeit gibt es immer!
»Wir könnten zum Beispiel ...«
»Was?!«, schreit Babbel wütend.
»Ach, ich weiß auch nicht!«
Plötzlich hören wir aus der dunklen Nische am Ende der Zelle ein seltsames Geräusch. Babbel und ich zucken vor Schreck zusammen. Das Geräusch ist zu laut für ein giftiges Insekt. Welch namenloser Schrecken lauert dort jetzt wieder auf uns?
Dann hören wir eine leise Stimme: »Wer seid ihr beiden?«
Aus der Dunkelheit der Zellennische schält sich eine

Gestalt, die mich total von den Socken haut. Es ist ein Mädchen, ungefähr so groß wie ich, mit langen rötlichen Haaren und einer silbrig schimmernden Haut. Sie hat einen humanoiden Körper, allerdings ein paar zarte Fühler auf dem Kopf und lange, spitz zulaufende Ohren. Ich habe keine Ahnung, zu welcher Spezies sie gehört.

»Wer ... wer bist du?«, frage ich stotternd.

»Ich heiße Thalia«, sagt das Mädchen.

»Ich bin Henry Vegas.«

»Babbelusius Sepiamis. Aber nenn mich ruhig Babbel.«

»Schön, euch kennenzulernen. Es ist lange her, dass ich mit jemandem gesprochen habe.«

Erst jetzt fällt mir auf, dass Thalia in keinem guten Zustand ist. Ihr Kleid ist an vielen Stellen zerrissen und ihr Gesicht wirkt krank und blässlich.

»Wie lange bist du schon in diesem Loch?«, erkundige ich mich.

»Ich weiß nicht. Was für ein Datum haben wir?«

Babbel erklärt: »Es ist der 9. Tag im 56. Monat in der Kosmozeitrechung. Der 9. September im Jahr 18.774 der Erdsonne.«

Das Mädchen sieht uns entgeistert an. Tränen rinnen über ihre Wangen. Schließlich schluckt sie und sagt: »Dann werde ich seit neun Monaten hier gefangen gehalten.«

Sie schwankt hin und her und scheint kurz davor, ohnmächtig zu werden. Ich springe auf und kann sie gerade noch auffangen, bevor sie zu Boden fällt.

Vorsichtig trage ich Thalia zu der Pritsche herüber und lege sie behutsam hin.

Babbel knufft mir in die Seite. »Jetzt starr sie nicht so an.«

»Aber ... ich starre überhaupt nicht.«

»Tust du wohl, Henry. Sie ist wirklich süß. Aber wenn wir nichts unternehmen, stirbt sie vielleicht.«

»Und was sollen wir tun? Mund-zu-Mund-Beatmung? Das hilft ihr bestimmt.«

Babbel lacht. »Quatsch. Aber ein Schluck Wasser wäre ganz gut.«

Babbel hat recht. Ich krame nach der Feldflasche, die Mr F mir gegeben hat, und halte sie vorsichtig an Thalias Lippen. Sie schlägt die Augen wieder auf, trinkt ein paar Schlucke und sagt: »Danke, Henry Vegas. Du hast mich gerettet.«

»Klar, gerne«, stammle ich.

Thalia schließt wieder erschöpft die Augen. Ich hocke mich vor sie und tue das, was Babbel mir gerade verboten hat. Ich starre sie an.

Thalia ist wirklich das schönste Mädchen, das ich je gesehen habe.

Babbel grinst seltsam. »Hey, sie ist erschöpft und braucht Ruhe. Also lass sie in Ruhe.«

»Was? Wieso?«, frage ich verwirrt.

»Mann, Henry. Das darf nicht wahr sein. Wir sind so gut wie tot und du hast nichts Besseres zu tun, als dich in das erstbeste Mädchen zu verknallen!«

Ich stoße ein ärgerliches Grunzen aus. »Quatsch. Ich kümmere mich nur um unsere Mitgefangene. Wer weiß, vielleicht kann sie uns ja helfen, hier rauszukommen.«

45.

Nachdem Thalia wieder etwas Kraft geschöpft hat, erzählt sie uns ihre Geschichte. Vor fast einem Jahr wurde ihr Raumschiff, in dem sie mit ihrem Vater unterwegs war, von Captain Wopp und seinen Piraten überfallen. Dabei kam ihr Vater ums Leben. Thalia wurde hierher nach Silicius VI gebracht und gefangen genommen. Bald aber verlor Wopp das Interesse an ihr und Thalia hatte schon befürchtet, dass die Piraten sie hier unten in der Zelle einfach vergessen hätten.

»Aber was wollen die Piraten von dir?«, frage ich.

Thalia schlägt die Augen nieder. »Ich weiß es nicht.«

»Vielleicht halten sie dich für eine Spionin? So wie uns?«, schlägt Babbel vor.

»Nein, sie wollen etwas von mir wissen. Aber ich kenne die Antwort selbst nicht.«

»Und worum geht es?«, frage ich. Ich habe das Gefühl, dass Thalia uns etwas verschweigt.

Bevor sie antworten kann, werden wir von einem lauten Geräusch an der Kerkertür unterbrochen. Es sind die beiden Staffordier, die zurückgekehrt sind, um mit unserem Verhör anzufangen.

Sie öffnen das Verließ und der eine sagt: »Los, Humanoide, raus. Mit dir fangen wir an. Die Piranhaschaben freuen sich schon auf dich ...«

Die beiden Staffordier brechen in ein fieses Gelächter aus.

Ich lasse den Kopf hängen und sage zu meinen Mitgefangenen: »Thalia, es war schön, dich kennengelernt zu haben. Babbel, Kumpel, mach's gut.«

Die Staffordier wollen mir gerade Handschellen anlegen, als hinter uns plötzlich eine laute Stimme zu hören ist: »Lasst den Jungen los. Und dann hebt die Hände, Staffordier. Und keine Mätzchen!«

Wir drehen uns überrascht um. In der Zellentür steht ein Mann, der mir auf seltsame Art bekannt vorkommt. Er ist groß, muskulös und drückt eine tiefe Entschlossenheit aus. Aber ich kann mich nicht erinnern, wo ich ihn schon einmal gesehen habe.

Die beiden Staffordier überwinden ihre anfängliche Überraschung und fletschen kämpferisch die Zähne. Der eine knurrt den Mann an und sagt: »Wer immer du bist, du begehst einen Fehler.«

»Du bist tot«, ergänzt der zweite Staffordier.

Sie wollen gerade beide ihre Waffen ziehen, aber es ist zu spät. Zwei Laserschüsse zischen durch den Raum und treffen die beiden Staffordier. Sie sinken besinnungslos zu Boden.

»Wiedersehen macht Freude, was?! Hihihi«, sagt der Mann, als er auf uns zukommt.

46.

»Mr Fußpilz?! Sind Sie das etwa?!«, frage ich völlig verblüfft.

»Allerdings. Sag bloß, du hast mich nicht erkannt?!« Er grinst schelmisch.

»Na ja, Sie sehen irgendwie ...«

»... anders aus? Ja, ich habe meine Tarnung abgelegt«, ergänzt er lachend.

Tatsache. Der Bart und die langen Haare sind ab und die verdreckten Klamotten sind verschwunden. Stattdessen steht ein Mann mit einem kantigen Gesicht vor uns, der aussieht, als könnte ihn nichts und niemand von etwas abbringen. Wenn es irgendwem gelingen kann, uns hier rauszuholen, dann ihm!

Bevor wir um eine Erklärung bitten können, überrascht uns Mr F gleich noch einmal.

Er kniet sich vor Thalia auf den Boden, senkt den Kopf und sagt mit ehrfurchtsvoller Stimme: »Endlich habe ich Euch gefunden, Hoheit! Es war eine lange Suche ...«

Ein Lächeln huscht über Thalias blasses Gesicht. »Erhebt Euch, Commander. Ich kann Euch nicht sagen, wie froh ich bin, Euch zu sehen.«

Babbel und ich sehen uns an und zucken beide mit den Schultern. »Ich verstehe nur SpaceBahnhof«, sagt Babbel.

»Ich auch«, sage ich. »Wieso *Hoheit?!*«

Mr Fußpilz lacht und sagt: »Thalia hat euch nicht verraten, wer sie ist? Das war gut so. Denn sie ist niemand anderes als Prinzessin Thalia Olympia, Tochter des ehrwürdigen Regenten Zeus Olympus, Herrscher über das Satyrius-System und alle umliegenden Welten.«

»Wow«, sage ich.

»Zweimal wow«, fügt Babbel hinzu.

»Eine Prinzessin«, sage ich.

»Eine *echte* Prinzessin«, ergänzt Babbel.

»Ich glaube, jetzt werde ich gleich ohnmächtig«, stöhne ich.

»Ich auch«, sagt Babbel.

Mr F lacht erneut. »Lieber nicht, Jungs. Wir haben nämlich keine Zeit für Ohnmachtsanfälle. Ich heiße übrigens Wondra Shek und bin Geheimdienst-Commander im Dienste der satyranischen Krone. Eigentlich habe ich es euch beiden zu verdanken, dass ich die Prinzessin gefunden habe.«

»Uns?!«, frage ich überrascht.

»Haben wir gerne gemacht«, sagt Babbel stolz.

Wondra Shek beugt sich zu mir und pflückt mir ein winziges technisches Gerät aus meinem Jackenkragen. Grinsend erklärt er: »Ich war mir ziemlich sicher, dass Wopp euch gefangen nehmen würde. Darum habe ich euch mit einem Peilsender ausgestattet. Ich habe gehofft, dass man euch in die Geheimverliese des Berglabyrinths bringt. Durch die Funkpeilung wusste ich, wo ihr steckt. Nur so konnte ich Prinzessin Thalia finden.«

»Und wenn der Captain uns einfach umgebracht hätte?!«, fragt Babbel entgeistert.

Der Commander zögert kurz, sagt dann aber: »Die Gefahr bestand nicht wirklich. Es macht Wopp viel zu viel Spaß, Leute zu quälen. Aber genug geredet. Wir müssen von hier verschwinden. Los, folgt mir.«

Wondra Shek nimmt Thalia an die Hand und rennt los.

Babbel und ich zögern keine Sekunde. Wir rennen hinterher.

47.

Der Commander führt uns im Laufschritt durch die unterirdischen Gänge des Piratenlabyrinths. Wir erreichen einen Gravoschacht und schweben mit rasender Geschwindigkeit nach oben.

»In ungefähr einer halben Stunde wird ein Schmugglerraumschiff abheben. Wir müssen uns unbemerkt an Bord schleichen. Dann haben wir eine Chance zu entkommen!«, erklärt uns Wondra Shek.

»Kinderspiel«, sagt Babbel zuversichtlich.

Der Commander lacht kurz, wird dann aber wieder ernst. »Hoffen wir es. Aber wir dürfen Wopp nicht unterschätzen. Er ist ...«

Unser Retter kann seinen Satz nicht mehr beenden. In der gleichen Sekunde bricht um uns herum die Hölle los. Im ganzen Piratenlabyrinth fangen Sirenen an zu heulen. Durch unsichtbare Lautsprecher in den Höhlenwänden hören wir Wopps hohe Quäkstimme: »Piraten, hier spricht euer Anführer. Es sind gefährliche Eindringlinge in unserem Nest. Ein Mann und drei Kinder. Lasst sie auf keinen Fall entkommen. Wer sie einfängt, wird von mir fürstlich belohnt. Und wer sie tötet, ebenfalls!«

Prinzessin Thalia stößt einen Schreckensschrei aus.

130

Babbel färbt sich sofort wieder blaulila. Und ich stoße einen ziemlich unappetitlichen Fluch aus.

Wondra Shek aber schlägt entschlossen mit der Faust in die Hand. »Keine Sorge, Leute. Die meisten Piraten sind stockbetrunken und gar nicht in der Lage, uns zu jagen. Ich hoffe nur, dass Wopp nicht seine vespitanischen Söldner von der Leine lässt.«

»Vespitanische Söldner?!«, fragen Babbel und ich wie aus einem Mund. Hört dieser Albtraum denn nie auf?!

Nein, hört er nicht. Denn bevor Wondra Shek antworten kann, hören wir in der Finsternis hinter uns ein ohrenbetäubendes Surren wie von riesigen Insekten.

Das sind sie also schon, die Söldner. Es sind die gefürchtetsten Kämpfer des Universums, Hornissenkrieger vom Planeten Crabro. Sie sind Tötungsexperten, die von frühester Kindheit an für den Krieg ausgebildet werden und für jeden arbeiten, der ihnen genug Geld bietet.

»Verdammt«, sagt Wondra Shek. »Es müssen mindestens hundert von ihnen sein.
Nichts wie weg hier, Leute!«

48.

Wir rennen, so schnell wir überhaupt können. Trotzdem wird das Surren immer lauter. Laserschüsse pfeifen über unsere Köpfe hinweg und schlagen donnernd in den Fels ein.

Zum ersten Mal erleben wir, dass sogar Wondra Shek Angst hat. »Schneller, Leute. Sie dürfen uns nicht kriegen. Vespitanen machen keine Gefangenen. Sie töten sofort«, ruft er atemlos.

Wir biegen um eine Ecke, dann um eine weitere. Am Ende des Ganges schimmert Tageslicht.

»Da vorne ist der Ausgang zum Krater. Wir haben es fast geschafft«, ruft Wondra Shek.

Diese gute Nachricht beflügelt uns und wir rennen noch schneller. Plötzlich aber strauchelt Thalia über einen Felsbrocken, sie versucht, sich abzufangen, fällt aber doch hin.

»Au, mein Fuß«, schreit sie verzweifelt.

Das Surren wird noch lauter. Wir hören die schnarrende Insektenstimme des Vespitanenanführers: »Da vorne sind sie. Los, macht sie fertig.«

Die Hornissenkrieger sind jetzt auf Sichtweite. Sie fliegen zu viert nebeneinander und beschießen uns mit ihren Laserguns. Wondra Shek erwidert das Feuer und hält sie so einigermaßen in Schach.

Ich helfe Thalia auf die Füße. »Kannst du laufen?«

»Ja, es geht schon. Schnell, weiter.«

Der Commander aber schüttelt den Kopf. »Wartet. Wir müssen den Plan ändern. Zusammen haben wir keine Chance. Ihr müsst vorgehen und ich halte euch den Rücken frei!«

»Aber ... es sind zu viele. Sie müssen mit uns fliehen, Mr Shek. Sie haben keine Chance gegen die Übermacht«, sage ich verzweifelt.

»Er hat recht, Commander. Sie dürfen nicht zurückbleiben«, sagt auch Thalia.

»Absolut meine Meinung«, fügt Babbel hinzu.

Wondra Shek lächelt traurig. »Es gibt keine andere Möglichkeit. Wenn ich sie nicht aufhalte, sterben wir alle. Ich habe mich gefreut, euch kennenzulernen, Henry Vegas und Babbelusius Sepiamis. Versprecht mir, dass ihr ab sofort auf die Prinzessin aufpasst.«

Mir schießen die Tränen in die Augen. »Versprochen«, sage ich.

»Hoch und heilig«, schiebt Babbel hinterher.

Eine weitere Salve Laserschüsse schlägt über unseren Köpfen ein. Wondra Shek feuert zurück. Ein Vespitane schreit auf und fällt zu Boden, aber ein anderer rückt sofort unbeeindruckt nach.

»Sagt mir noch eines, bevor ihr geht, Hoheit. Haben die Piraten die Information erhalten, die sie Euch entlocken wollten?«

Thalia schüttelt lächelnd den Kopf. »Nein, haben sie nicht.«

»Sehr gut ... und jetzt macht, dass ihr wegkommt. Das Raumschiff hebt bald ab.«

»Ich werde Euch das nie vergessen, Commander. Euer Andenken wird auf Satyirius für immer bewahrt«, sagt die Prinzessin.

Wondra Shek gibt ein paar weitere Schüsse ab und sagt: »Ich wünsche Euch Glück auf der Suche nach Eurem Vater, Hoheit. Gebt die Hoffnung nicht auf. Und jetzt los!«

Babbel und ich nicken. Wir nehmen die Prinzessin an der Hand und laufen los.

49.

Vor uns öffnet sich der Gang zu dem erloschen Vulkankrater hin, dem geheimen Raumhafen der Piraten. Zum ersten Mal seit Ewigkeiten sehen wir Tageslicht.

Nachdem sich unsere Augen an die Helligkeit gewöhnt haben, versuchen wir, uns schnell einen Überblick zu verschaffen. Mehrere Raumschiffe werden be- oder entladen. Ganz vorne steht ein pastunischer RettichRaumer – ein mehrere Hundert Meter hohes Raumschiff, das entfernt an die Form des Gemüses erinnert und darum so genannt wird.

Ein paar Mangusen beladen es mit riesigen Schwebecontainern. Bewaffnete Pythonier halten Wache, während die pastunische Crew schon an Bord geht.

»Los, beeilt euch. Gleich beginnt der Countdown. Das Schiff soll pünktlich abheben«, schreit einer der Pythonier.

»Ist ja gut. Nur nicht hetzen«, antwortet ein Manguse maulig.

Ich denke kurz nach und sage zu Thalia und Babbel: »Die Container sind unsere Chance. Los, folgt mir.«

Ohne lange nachzudenken, führe ich die beiden hinter die Schwebecontainer, die noch verladen werden sollen. Die ersten beiden sind verschlossen, aber der

dritte lässt sich ohne Probleme öffnen. Er ist voll mit trangylanischem Schlangenschnaps und braturischen Sturmgewehren. Typische Schmugglerware.

Trotzdem ist immer noch Platz genug für ein paar blinde Passagiere.

»Rein mit euch«, sage ich.

»Bist du sicher?«, fragt Babbel.

»Nein, aber hast du eine bessere Idee?«

Die Prinzessin nickt entschlossen. »Henry hat recht. Es ist riskant, aber wir haben keine Wahl.«

In diesem Augenblick sausen ein paar der Vespitanen

aus dem Gang ins Freie. Sie überfliegen die Landefläche der Raumschiffe und suchen uns.

Einer der Anführer spricht den Pythonier an: »Hey, habt ihr drei Kinder gesehen? Den Erwachsenen haben wir erledigt. Aber die drei sind uns durch die Lappen gegangen.«

Der Schlangenkopf spuckt aus. »Hier war niemand. Interessiert mich auch nicht. Ich muss das Schiff beladen. Wir haben es eilig.«

Betroffen sehen wir uns an. Wondra Shek ist also tot. Eine tiefe Traurigkeit überfällt uns. Aber sein Tod darf nicht umsonst gewesen sein.

Wir müssen unsere Flucht zu Ende bringen! Schnell klettern wir in den Container und ziehen die Tür hinter uns zu. Es ist stockdunkel.

Nur ein paar Sekunden später spüren wir, wie der Container auf Schwebemodus geschaltet und in den Laderaum des RettichRaumers gebracht wird.

50.

Zehn ewige Minuten lang geschieht gar nichts. Sind wir doch entdeckt worden?

Dann aber wird das Raumschiff und mit ihm der Container von einem sanften Zittern erfasst. Schließlich ruckelt es einige Male kräftig, als der RettichRaumer vom Boden abhebt.

Wow! Wir haben Silicius VI also wirklich verlassen.

Ich krame mein KosmoPhone heraus und aktiviere die Taschenlampen-App. Im schwachen Lichtschein sehen wir uns an.

»Scheint so, als hätten wir es wirklich geschafft«, flüstert Babbel erleichtert.

»Wir schon. Aber Wondra Shek nicht«, sage ich verbittert.

Thalia zieht den Rotz in ihrer Nase hoch und wischt sich über ihre verheulten Augen. »Er hat sein Leben für uns geopfert. Damit wir fliehen können ...«

Eine Weile schweigen wir niedergeschlagen. Ich weiß, dass ich den lustigen Mr Fußpilz, alias Commander Wondra Shek, niemals vergessen werde.

»Darf ich dich etwas fragen, Thalia?«

»Was ist denn, Henry?«

»Der Commander hat dich gefragt, ob die Piraten erfahren haben, was sie von dir wissen wollten. Verrätst du uns, was es damit auf sich hat?«

Thalia lächelt. »Ihr habt mir das Leben gerettet. Also habt ihr ein Recht darauf, alles zu erfahren. Ihr wisst ja schon, dass ich eine Satyranerin bin. Vielleicht habt ihr dann ja auch schon mal von dem sagenhaften Schatz der Satyraner gehört. Er verspricht mehr Reichtum als irgendetwas sonst im Universum. Die Piraten wollten von mir wissen, wo er versteckt ist.«

»Aber du hast es ihnen nicht gesagt?«, fragt Babbel.

»Nein, das könnte ich auch gar nicht. Weil ich es nicht weiß. Mein Vater, der König, ist der Einzige, der das Geheimnis kennt. Darum dürfen die Piraten ihn auf keinen Fall vor mir finden!«

Ich sehe Thalia kopfschüttelnd an. »Aber hast du nicht gesagt, dein Vater wäre tot?!«

Die Prinzessin sieht mich mit einem seltsamen Lächeln an. »Das stimmt und es stimmt zugleich auch nicht. Die Sache ist kompliziert.«

»Wieso? Ich dachte immer, man ist tot oder eben nicht. Was kann daran kompliziert sein?«, fragt Babbel.

»Als die Piraten uns angegriffen haben, wurde mein Vater von einem Laserschuss tödlich getroffen. Aber bevor er starb, konnten wir sein Bewusstsein mit einem neuropalischen Interface auf einen Mikrochip überspielen. So gesehen lebt er also noch. Das Problem ist, dass der Chip verschwunden ist ...«

Das seltsame Gefühl, das ich schon die ganze Zeit hatte, verstärkt sich. Es klingt zu verrückt, was mir gerade durch den Kopf geht. Aber das Universum ist nun einmal voller seltsamer Zufälle ...

»Wenn ich dich richtig verstehe, ist dein Vater der satyranische Sternenkönig?«

»Ja, so ist es.«

»Und sein Bewusstsein ist auf einem Chip gespeichert?«

»Genau.«

»Ein Chip, wie er zum Beispiel in der Steuerung eines Roboters verbaut werden könnte?«

Thalia sieht mich verblüfft an. »Das ist sogar sehr wahrscheinlich. Als die Piraten uns überfallen haben, waren wir gerade auf Toyota VIII, einem Planeten ganz in der Nähe des Satyrius-Systems. Wir haben dort eine Produktionsanlage für Elektrobauteile besichtigt. Ich habe noch gesehen, wie der Chip mit dem Bewusstsein meines Vaters in eine große Kiste gefallen ist. Vermutlich ist der auf irgendeinem fernen Planeten gelandet. Mein Vater hätte nur die Chance, sich irgendwie bemerkbar zu machen, wenn dieser Chip in einen Roboter eingebaut wird. Aber wieso fragst du das alles?«

Ich schließe die Augen und atme tief ein. Dann sage ich: »Ich glaube, ich weiß, wo dein Vater ist. Auch wenn es mir selbst total verrückt vorkommt.«

»Und wo?«, fragt Thalia verblüfft.

»Bei mir zu Hause. In meinem Zimmer. Auf Terra VII.«

»Was?!«, fragen Thalia und Babbel wie aus einem Mund.

»Das kann doch unmöglich sein«, schiebt Thalia hinterher.

»Doch, es ist möglich«, sage ich leise.

Mein Helferrobot Chiva ist keineswegs ein Fall für die Roboterklapse. Er hat nichts als die Wahrheit gesagt, als er meinte, dass er in Wahrheit ein satyranischer König wäre! Nur das mit dem Zorc-Zauberer war gesponnen. Scheinbar lag der Chip fast ein Jahr irgendwo herum, bevor er dann vor einigen Wochen in Chiva eingebaut wurde. Wahrscheinlich ist der Chip falsch angeschlossen worden und das Bewusstsein des

Königs konnte nicht vollständig aktiviert werden. Das wäre eine Erklärung dafür, warum Chiva immer so viel Mist faselt.

Ich erkläre den beiden, was Sache ist. Wir müssen alle lachen, weil das Ganze so unglaublich klingt.

»Dann muss ich so schnell wie möglich nach Terra VII. Ich muss meinen Vater finden und in Sicherheit bringen, bevor die Piraten dort aufkreuzen. Auch sie werden sich bestimmt auf den Weg machen«, sagt Thalia schließlich.

Babbel und ich grinsen. »Das trifft sich gut, Thalia. Nach Terra VII wollen wir nämlich zufällig auch ganz dringend. Weil wir da zu Hause sind und unsere Eltern dort auf uns warten«, erkläre ich.

»Und zwar so schnell wie möglich«, ergänzt Babbel.

In diesem Augenblick spüren wir alle ein seltsames Ziehen in der Magengegend. Der RettichRaumer ist in den Überlichtmodus übergegangen.

Dumm nur, dass wir keine Ahnung haben, wo die Reise eigentlich hingeht. Und ob wir am Ende nicht noch viel weiter weg von zu Hause sein werden als sowieso schon.